LE VERTIGE DES INSECTES

De la même auteure

Les choses de l'amour à marde,
poésie, Les éditions de l'écrou, 2013

Maude Veilleux

Le Vertige des insectes

roman

hamac

Les éditions du Septentrion remercient le Conseil des Arts du Canada et la Société de développement des entreprises culturelles du Québec (SODEC) pour le soutien accordé à leur programme d'édition, ainsi que le gouvernement du Québec pour son Programme de crédit d'impôt pour l'édition de livres. Nous reconnaissons également l'aide financière du gouvernement du Canada par l'entremise du Fonds du livre du Canada (FLC) pour nos activités d'édition.

H
hamac

Hamac est une division des éditions du Septentrion.

Direction littéraire : Éric Simard

Révision : Fleur Neesham

Correction d'épreuves : Marie-Michèle Rheault

Mise en pages et maquette de la couverture : Pierre-Louis Cauchon

Photographie de la couverture : © Marie-Charlotte Aubin (mariecharlotteaubin.blogspot.com)

Si vous désirez être tenu au courant
des publications de HAMAC
vous pouvez nous écrire par courrier,
par courriel à info@hamac.qc.ca,
par télécopieur au 418 527-4978
ou consulter notre catalogue sur Internet :
www.hamac.qc.ca

1300, av. Maguire
Québec (Québec)
G1T 1Z3

Dépôt légal :
Bibliothèque et Archives
nationales du Québec, 2014
ISBN papier : 978-2-89448-779-2
ISBN PDF : 978-2-89664-851-1
ISBN EPUB : 978-2-89664-852-8

Diffusion au Canada :
Diffusion Dimedia
539, boul. Lebeau
Montréal (Québec)
H4N 1S2

Ventes en Europe :
Distribution du Nouveau Monde
30, rue Gay-Lussac
75005 Paris

À Karine.

Première partie

Le printemps

Chapitre 1

Les six garçons s'avancèrent dans l'allée droite de la nef. Ils portaient des habits noirs que leurs mères avaient achetés pour l'occasion, choisis en prévision du futur; du bal de finissants ou du mariage de la cousine. Pendant que leurs pères nouaient leurs cravates, ils s'étaient regardés dans la glace. Une première vision d'eux, en homme. Ils marchaient en synchronie, le regard droit devant. Les traits de leurs visages se tiraient sous l'effort. Ils serraient les mâchoires. Une goutte de sueur perlait sur le front du dernier, le plus jeune. Elle coulait doucement le long de son arcade sourcilière. Les manches de son veston plissaient au coude et lui cachaient presque les pouces. Encore quelques années et son costume lui siérait.

Mathilde sortit un bout de papier toilette d'un livre, c'est tout ce qu'elle avait trouvé en guise de signet. Elle le tacha de mascara en s'essuyant les commissures des yeux et le replia au creux de sa main. L'assemblée se leva pour saluer le passage des porteurs. Mathilde fit de même, emportée dans le bruit sourd du parquet craquant. Les garçons posèrent le cercueil sur un chariot, puis allèrent rejoindre leurs parents dans les bancs. Un coussin de fleurs composé d'œillets blancs, de lys et de roses ornait le dessus du coffre de bois verni. Un arrangement peu complexe, mais joli.

Les portes en pin au fond de l'église se refermèrent. L'abbé s'approcha du microphone et amorça la cérémonie. Mathilde s'assit en recouvrant de sa robe ses genoux dénudés. Elle déplia pour la centième fois le texte d'hommage qu'elle avait écrit. Elle relut le premier paragraphe, s'égara entre les phrases et sentit encore une fois sa gorge se nouer. Chacun des proches s'était vu attribuer un rôle durant la messe. Tous préoccupés par leur fonction, ils effectuaient un travail impeccable sans se tromper, sans perdre une seconde la solennité commandée par l'occasion. Les cousines transportaient les cierges. Un oncle, la croix. Les autres se partageaient la lecture des épîtres choisies.

D'un geste de la main, le prêtre invita Mathilde à monter. Elle se leva, marcha lentement en fixant le sol. Ses souliers pointus s'enfoncèrent dans le tapis à poil long de l'escalier qui menait vers le chœur. Elle se plaça derrière le lutrin. Dans l'assistance, sa famille occupait les premiers bancs. Plus loin, il y avait les amis, les connaissances et les voisins. Malgré les années passées, elle reconnaissait la plupart des visages de la foule. Elle avait une facilité à se remémorer les gens et les situations. Le curé posa sa poigne large sur l'épaule de Mathilde pour l'inciter à commencer. Elle baissa les yeux vers la feuille qu'elle ne cessait de lisser depuis quelques secondes. Plus aucun pli sur la page. Elle déposa ses lunettes et inspira. Un premier mot lancé : la mort. Le rythme rapide de sa lecture la conforta ; elle lisait sans lever le regard. Sa voix ne déraillait pas, elle réussissait même à contenir ses larmes. Les phrases s'enchaînaient sans accroc jusqu'à ce qu'arrive la dernière ligne. Elle hésita puis poursuivit plus doucement : « Je t'aime. J'aurais voulu que tu ne partes jamais. » Mathilde s'arrêta là. Elle s'étonna ; les mots qui suivaient sur la page resteraient dans le secret. Elle ne les prononcerait pas. Elle replia la feuille et la glissa dans la poche de son manteau de printemps.

De retour à son banc, elle écouta à demi le reste de la cérémonie. Le discours du curé lui parut décalé. Sa grand-mère n'avait jamais été une femme pieuse. Ses croyances diverses la rapprochaient plus de la spiritualité nouvelle-âge que de la religion catholique. Mathilde se questionnait sur le besoin de lui ouvrir les portes d'un paradis dont elle n'avait pas rêvé. Le vernis écaillé de la boiserie, la fente dans le cuir de l'appui-genoux, le ventilateur au centre du chœur lui rappelaient des souvenirs. Elle les avait vus souvent au cours de son parcours scolaire, dans les messes auxquelles elle devait assister à la rentrée des classes, à Noël et pour les différents sacrements qu'on imposait encore aux enfants. Dans cette église, sous ce même liminaire obsolète, elle espérait maintenant que ce fut la dernière fois qu'elle ait à se dire qu'elle ne croyait en rien.

Puisque le sol gelé à ce temps de l'année ne permettait pas d'enterrer le corps, tous se dirigèrent vers la salle paroissiale pour le repas. Mathilde choisit de laisser la voiture dans le stationnement et de marcher. Elle avait quitté rapidement la ville sans même appeler à l'appartement pour donner des nouvelles. Depuis la mort de Rose, les événements se bousculaient et personne ne semblait se positionner contre cet enchaînement précipité, comme si la formalité des cérémonies aidait à oublier la perte. Mathilde, quant à elle, sentait plutôt un vertige.

L'église s'élevait au coin des rues Principale et Commerciale, les deux seuls grands axes du village. Mathilde y revenait chaque été pour les vacances, durant les Fêtes et à l'automne pour l'anniversaire de ses parents. Elle dormait à la maison familiale, visitait sa grand-mère à deux pas de là, cueillait des framboises dans le champ ou lisait sur la galerie. Elle n'avait pas marché dans les rues de la petite localité depuis longtemps. Elle s'était tracé un itinéraire mental des endroits qu'elle voulait revoir : l'école primaire, l'aréna, le Café Bleu. Elle s'alluma une cigarette et se mit route.

Un boom économique dans la région avait permis aux commerces de prospérer, avait amené de nouveaux résidents à se construire d'immenses propriétés dans des quartiers qui étaient encore des champs six ans auparavant. L'école était restée la même : brique rouge et colonnes de crépi peintes en blanc. Seul l'arbre de la cour avait grossi. Déjà à l'époque, Mathilde et ses amies s'y cachaient pour attendre l'autobus. Les branches à la base du tronc descendaient jusqu'au sol. De là, elles riaient et fumaient pour la première fois, discutaient du futur sans retenue.

On avait aménagé un parc en face de la caisse populaire pour commémorer les cent cinquante ans de la paroisse. Adossée à un monument en l'honneur des fondateurs du village, Mathilde épluchait la peau sèche de ses lèvres. La surface nouvellement meurtrie picotait sous l'acidité de ses doigts. Le vent frais se glissait sous sa robe, tourbillonnait sur ses cuisses, montait vers ses cheveux. En diagonale du parc, la pizzeria surplombait la grande côte ; un casse-croûte où on se réunissait le matin avant d'entrer à l'usine ou tard les soirs après la fermeture du bar. Elle se souvint de ces moments où elle y avait mangé avec ses camarades de classe ; les mains dans les frites graisseuses, puis la crème molle partagée sur un banc avant d'enfourcher le vélo pour revenir à la maison. Elle se sentait seule, mais surtout étrangère à cet endroit ; des années la séparaient de ses douze ans. Elle aurait voulu porter une casquette encore une fois, remplir son sac de biscuits secs pour se rendre au village, dépenser ses économies en bonbons, jouer avec son frère dans la forêt. Oui, surtout jouer avec Christophe, n'importe où.

Mathilde entra dans la salle paroissiale. Les voisins de sa grand-mère avaient préparé un buffet. Ils s'activaient derrière la grande table, plaçaient les couverts, déballaient les plats, réchauffaient la soupe, ajoutaient la vinaigrette aux salades. Mathilde leur proposa de l'aide qu'ils refusèrent.

Ils lui firent signe de prendre place avec la famille. Elle balaya des yeux la mince foule, mais n'aperçut pas ses parents. Elle espérait les voir arriver sans trop de délais. Elle aurait eu besoin de leur parler pour combattre un peu cette nostalgie qui ne décollait plus. Elle s'assit entre sa cousine Pauline et sa tante Lorraine. Toutes deux la félicitèrent pour le touchant hommage.

— Tu m'as fait pleurer, dit Lorraine. Vous étiez proches. On le savait déjà, mais là on le sentait.

Mathilde hocha la tête, accepta le compliment. Pourtant, elle aurait voulu en dire plus, dire mieux, expliquer les détails pour ne rien perdre de la présence de sa grand-mère : la main droite tremblotante quand elle versait du sucre dans le café, les longues conversations téléphoniques avec ses sœurs, la recette de galette rouge, la grande sacoche et son contenu. Mathilde pensa que ces choses-là ne déterminaient rien, n'étaient qu'habitudes anodines, que faits quelconques. Au-delà de l'humour courtois, des robes bien taillées et des dons à la caisse du village se trouvaient les superstitions et croyances, les moments tangibles d'un quotidien sans artifice qui faisaient de sa grand-mère un être unique. C'est tout ce qu'elle arrivait à se rappeler en pensant à elle.

Pauline continua :

— Tu es venue seule ?

— Oui.

Mathilde baissa les yeux. Les deux femmes reprirent leur discussion. Mathilde les écoutait distraitement, un peu hors de son corps. Une assiette apparut devant elle. Elle la repoussa ; une angoisse nauséeuse la tenait. Une gorgée d'eau pour caler le dégueulis des souvenirs. Elle voyait les mêmes visages, treize ans plus tôt. Assis au même endroit, parlant des mêmes choses du monde. La grand-tante venue malgré les neuf heures de voiture qui la séparait du cercueil de Christophe. Mathilde, trop jeune pour comprendre les conversations d'adultes, devant cette presque même salade de macaronis, savait que son enfance était affaire du passé.

Du coin de l'œil, elle remarqua sa mère en train de se défaire de sa veste. Son père, cintre en main, attendait. Elle s'excusa et alla à la rencontre de ses parents. Ils s'embrassèrent et s'assirent à une table au fond de la salle. Mathilde posa sa main sur celle de son père. Ils ne parlèrent pas, savaient qu'ils partageaient des pensées semblables.

Elle poussa la porte de la chambre, puis déposa son manteau sur l'édredon fleuri comme à l'habitude. Des bibelots d'anges s'entassaient sur les tablettes accrochées aux murs. Mathilde avait laissé la famille au lunch sachant que d'autres auraient la même idée qu'elle. Ils ne tarderaient pas à arriver et empliraient bientôt la maison de leur voix et de leurs gestes.

La robe de chambre de Rose était suspendue à un crochet. Mathilde s'en approcha pour y enfouir son nez. Une odeur âcre mélangée à celle de l'encens. Elle glissa doucement jusqu'au sol et, comme un enfant, regarda la pièce en contre-plongée. La lumière pénétrait à peine. Un mince filet atterrissait sur le carrelage de linoléum brun. Une pile d'albums photo avait remplacé le bouddha doré, dont elle se souvenait avoir parcouru, de ses petits doigts d'enfant, le détail des ornements. Des prières, des pensées découpées dans les magazines bordaient le miroir. Puis, la vision de la penderie, tout à gauche, où les vêtements de sa grand-mère restaient encore pendus, lui parut violente. Sous peu, il n'existerait plus rien de tout cela.

Elle se leva en s'appuyant sur les étagères de livres. En sortant de la chambre, elle ferma les yeux, tentant de garder une image intacte de la pièce.

Malgré la faible lumière extérieure, les cristaux de glace créaient des arcs-en-ciel sur le congélateur. Mathilde, intriguée, y jeta un coup d'œil. La boîte de Mr. Freeze à peine entamée devait dater de l'été dernier. Elle en choisit un rouge, l'ouvrit avec les canines et souffla dans l'air le minuscule bout de plastique qu'elle venait de découper. Dans la salle de bain, elle remarqua l'usure de l'émail de la baignoire sur pied et le couvercle de margarine qui servait de bouchon. Une goutte de jus froid s'échappa de sa bouche, coula sur son poignet et tacha le tapis de bain blanc. La tache s'étendit dans la fibre jusqu'à atteindre la taille d'un dix sous.

La pluie tombait dru sur le pare-brise de la voiture. La grisaille du ciel rajoutait maintenant à la morosité de la journée. Devant sa vue défilaient les champs jaunâtres. Par endroits, des amoncellements de neige noire persistaient sous les chaleurs nouvelles d'avril. Mathilde tenait le volant à deux mains. Elle avait déposé la carte mortuaire sur ses cuisses. La photo avait été prise lors des célébrations du cinquantième anniversaire de mariage de ses grands-parents. Rose portait une robe lilas à larges épaulettes et des boucles d'oreilles en pierre du Rhin. On remarquait ses yeux bleus derrière le verre épais de ses lunettes. Mathilde pensait à ce moment. La grande famille réunie. Rose y tenait tellement, à cette famille, à ses enfants, à ses petits-enfants et à ses arrières-petits-enfants. Quelques-unes des cousines de Mathilde avaient déjà des bébés. Rose les adorait, aimait les bercer.

Un caillou sur la chaussée vint percuter le pare-brise. Mathilde sursauta et, d'un geste machinal, apposa la main sur son ventre.

La porte de la voiture claqua. Mathilde laissa tomber son porte-clés. Un faux mouvement. Un coup de vent emporta la carte mortuaire qu'elle tenait entre le pouce et l'index. La carte s'échoua un mètre plus loin dans une flaque d'eau. Elle courut la recueillir. La photographie de sa grand-mère ne semblait pas abîmée, seulement quelques gouttes perlaient sur la surface plastifiée. Mathilde l'épongea avec le revers de sa robe et s'accroupit pour ramasser ses clés. Sa main tremblait. Elle laissa échapper un blasphème. Son reflet dans la vitre du siège arrière la surprit. Le rouge à lèvres, l'ombre à paupières et le cache-cerne appliqués soigneusement le matin avaient tenu en place et la changeaient de son allure habituelle. Elle essuya ses lèvres. Au fond du banc, au travers des sacs et des livres, elle aperçut une enveloppe, la même qu'elle avait vue dans les mains de son père à l'église. Sur un coin on avait arraché les timbres et dessiné un oiseau à l'encre bleue. Elle ouvrit la porte. D'un mouvement ample, elle balaya les objets qui jonchaient la banquette de la voiture et saisit l'enveloppe qu'elle mit sous son bras.

Les fenêtres entrouvertes laissaient pénétrer un léger vent. Mathilde s'avança dans la chambre. Les rideaux volaient. Jeanne, étendue sur la couette, dormait encadrée par quelques livres et des feuilles lignées éparses. Elle paraissait épuisée. Ses cheveux couvraient son visage. Mathilde souleva une mèche et embrassa doucement la joue rosée à peine découverte.

— Salut. Je dorm… dit Jeanne sans avoir le temps de terminer.

— Je m'excuse d'être partie si vite jeudi, lança Mathilde. Je ne pouvais pas attendre et je me doutais que tu ne pourrais pas me suivre.

— J'aurais aimé…

— Ça va. Ne t'inquiète pas.

Mathilde s'allongea en poussant les bouquins. Elle plaqua son nez au creux du cou de Jeanne et enserra les bras autour de sa taille.

— Je vais tellement m'ennuyer d'elle.

— Je sais, je sais.

— J'ai peur de l'oublier. Déjà, j'ai oublié un peu. Je ne me souviens pas de la dernière phrase qu'elle m'a dite.

Mathilde ne pleurait pas. Jeanne la serra. Mathilde profitait de l'étreinte. Le souffle chaud de son amoureuse l'apaisait. Leurs jambes s'enlacèrent à la façon des vignes sur un treillis de bois. Leurs courbes se fondaient presque parfaitement.

Jeanne promena son index sur la poitrine de Mathilde en lui répétant qu'elle finirait par se rappeler. Les deux sourirent et s'embrassèrent. La langue chaude de Jeanne s'inséra dans la bouche de Mathilde. Ses dents la coincèrent là un instant, puis la relâchèrent. La langue revint encore plus agile que la première fois, parcourant longuement ses lèvres.

— J'ai pensé à mon frère toute la journée. Je n'ai pas osé en parler à mes parents. Tu sais. Je ne voulais pas raviver de vieux souvenirs, même si je me doute qu'ils y pensaient aussi.

— C'est certain qu'ils y pensaient.

— J'ai besoin de toi.

Mathilde se glissa sur Jeanne. À califourchon, elle saisit le bas de sa robe pour la passer au-dessus de sa tête. Elle fit de même avec le t-shirt de Jeanne, le lança en dehors du lit dans un coin de la chambre. Elle pressa ses seins contre les siens. En embrassant le cou de Jeanne, sa main coula jusqu'à son dos pour défaire l'attache de son soutien-gorge. Les bretelles tombèrent sur ses épaules, ses bras puis ses poignets. Le soutien-gorge rejoignit le t-shirt sur le plancher. Mathilde détacha le bouton du jeans, ouvrit la fermeture éclair, abaissa les pantalons de Jeanne. Elle introduisit sa main dans la culotte de dentelles marine, poussa ses doigts dans la fente, doucement au début, puis rapidement, jusqu'à ce que Jeanne ouvre la bouche et laisse échapper un cri.

Devant le miroir de la chambre, Mathilde essayait de trouver le look parfait pour la journée. Elle avait mis une robe légère à fleurs. C'était trop tôt pour la saison. Depuis février, elle espérait le printemps vert, l'arrivée des bourgeons et les crocus. Ses cheveux lissés vers l'arrière en un chignon lui donnaient l'air d'une ballerine, mais ses yeux noircis et les cicatrices sur ses genoux lui enlevaient de la douceur. Elle dansait sur du silence. Sa peau présentait des failles, des aspérités ; ses ongles bardés de cuticules, une croûte sur son bras, la trace d'une brûlure. *Baby's on fire.*

Thomas, son colocataire, apparut dans l'entrebâillement de la porte. Il la regarda des pieds à la tête sans dire un mot avec son allure de toujours, un mélange de fierté et d'assurance. Mathilde tournoya sur elle-même pour l'amuser. Elle prit la pose. Il sourit, lui envoya un pouce en l'air puis recula. Dès qu'il quitta la pièce, elle se mira à nouveau. Ses paupières cernées lui rappelaient les funérailles. Elle ferma la porte, se dévêtit et se planta nue devant la glace. Sa peau laiteuse contrastait avec la rougeur de ses lèvres gercées. La chair autour de son nombril tremblotait sous le tapotement de ses doigts. Elle gonfla le ventre. Il y avait de la place pour un bébé.

Chapitre 2

La couverture de laine enveloppait sa tête. Elle voyait la chambre à travers les trous du tricot. La chatte somnolait à ses côtés. Mathilde s'était endormie en lisant un recueil de poésie. Elle ne voulait pas se lever. Elle fixait les irrégularités du plafond, se disait que l'appartement vieillissait, que d'autres y avaient vécu et y vivraient après son départ. Des femmes, des couples, des enfants aussi, mais elle était sûrement la première lesbienne, avec Jeanne, à y habiter. Elle se tourna sur son flanc gauche de façon à faire face à la chatte. Elle lui tira doucement les moustaches, seulement pour les détendre. En réponse, Faustine écarta les doigts, les posa sous son menton, bâilla. Mathilde adorait ses grosses pattes ; une malformation congénitale lui avait donné plusieurs doigts en surplus. Elle se plaisait à raconter l'attachement d'Ernest Hemingway pour les chats polydactyles à tous les invités qui présentaient le moindre intérêt. L'histoire produisait son effet, le charme de Faustine opérait. Quand elle marchait, sa griffe en trop tintait sur le plancher. On pouvait suivre sa trace en tout temps, la déjouer au détour des murs quand on s'adonnait à la chasse. Cette particularité faisait d'elle un animal agile ; elle ouvrait les portes et les tiroirs, attrapait des objets pour les porter à sa gueule.

Le museau pointé, Faustine cherchait des odeurs sur les doigts de Mathilde, glissa la tête sous son poignet pour quémander de l'affection. Mathilde la flatta. Elle aimait la voir se courber sous la pression de la caresse. Le ronronnement l'intriguait. Elle s'y exerçait, soufflait entre la langue et le palais, mais la vibration venait de la bouche plutôt que de la gorge, ne produisait pas l'apaisement souhaité. Elle doutait que l'animal comprenne quoique ce soit à ce qu'il se passait ; Faustine était juste là, comme tout le temps, mais Mathilde lui prêtait des intentions altruistes.

Sur son bureau de travail, l'enveloppe qu'elle avait trouvée dans la voiture attendait. Elle l'avait, en quelque sorte, oubliée. Elle vida le contenu sur ses jambes et trouva une photographie d'elle, enfant, sur les genoux de sa grand-mère. Les cheveux de Rose étaient relevés, ses traits encore jeunes. Un mot. « Je t'aime, ma belle fille. » Mathilde entendait sa voix douce répéter la phrase, ajouter même un « tu es une bonne personne » qui avait pallié ses insécurités à de nombreuses reprises. Puis une chaîne en or, trop courte pour être portée au cou. Mathilde en entoura son poignet.

La bouilloire siffla. Mathilde versa l'eau chaude dans la cafetière à piston. L'odeur du café se répandit dans l'appartement. Elle coinça un cube de sucre entre ses doigts, le pressa pour en défaire les grains compactés. La pluie de cristaux se dissipa dans la boisson chaude. La première gorgée balaya une couche de salive épaisse de son arrière-gorge. Un rayon de lumière s'infiltrait par la fenêtre au-dessus de l'évier. La chatte s'y prélassait. La journée s'annonçait ensoleillée. Un bruit de pas s'approchait. Elle inspecta ses dents en scrutant son reflet dans une cuillère, se tapota les joues pour leur redonner vie. Thomas s'avança en étirant les bras de chaque côté de la tête. Il se pencha et ébouriffa la tignasse de Mathilde qui lui tira la langue en guise de réponse. Elle se leva, versa du café dans un bol tandis qu'il s'assoyait à la table et ouvrait son ordinateur portable. Mathilde posa les yeux sur la nuque de Thomas, sur la coupe franche entre ses cheveux courts et sa peau hâlée. Elle s'imagina caresser cette nuque, toucher de son index l'épiderme tendu de ce cou.

La porte de la salle de bain claqua. Mathilde déposa le bol sur la table près de l'avant-bras de Thomas. Jetant un coup d'œil à l'horloge accrochée au mur, elle entreprit de préparer le déjeuner. Ses doigts percèrent la coquille d'un œuf qu'elle fit tomber dans un bol. Elle en cassa plusieurs autres jusqu'à emplir à demi le récipient. À l'aide d'une fourchette, elle fouetta le tout et elle versa la mixture épaisse dans une poêle. L'eau de la douche avait cessé de couler depuis un moment. L'omelette cuisait à feux doux. Elle inséra deux tranches de pain dans le grille-pain.

Jeanne entra dans la cuisine, ses cheveux mouillés tombaient sur ses épaules et formaient un cerne humide sur son chandail des Canadiens. Elle s'approcha de Mathilde et lui donna un baiser sur le front. Mathilde la serra de ses bras. Les rôties sautèrent.

— Tu me fais des œufs, mon amour ? demanda Jeanne. Je m'occupe de presser les oranges. Thomas, tu en veux ?

Thomas acquiesça de la tête. Debout à côté de la cuisinière, Mathilde attendait la coloration idéale de l'omelette. Jeanne sortit un carton de jus du réfrigérateur.

— C'est ça que tu appelles presser les oranges ?

Jeanne s'avança vers Mathilde et lui pinça une fesse en riant.

Thomas abaissa son écran pour regarder les deux filles s'embrasser.

— Vous ne pensez pas qu'on pourrait repeindre. Regardez, c'est l'appartement d'un ami, dit Thomas en pointant une photographie dans son portable. Il me semble que ça ferait du bien. Surtout ici, dans la cuisine.

Mathilde repensait au plafond cabossé de la chambre.

— Non, je déteste peinturer, dit Jeanne sans se retourner vers Thomas. C'est long, ça pue, c'est salissant. Mais si tu veux le faire seul, je te donne ma bénédiction.

Elle déposa trois verres de jus sur la table, les disposa de façon à ce qu'il n'y ait aucune confusion quant à leur appartenance.

— Jamais d'enthousiasme pour mes projets. Vous savez que je suis le signataire du bail, je peux vous expulser sans problème si vous ne coopérez pas. Déjà que j'ai accepté d'accueillir le chat de Mathilde, avança Thomas en souriant.

— Hé, mon chat n'a rien à voir dans vos histoires. En plus, je sais que tu l'aimes.

— Et, j'aimerais bien t'y voir. Trouver des gens pas trop cons pour nous remplacer, lui lança Jeanne fière d'elle.

— Je ne choisirais pas un couple, s'empressa de lancer Thomas. Déjà, vous deux, c'est l'enfer et je vous connais depuis des années. Je n'ose pas imaginer vivre avec des inconnus qui se caresseraient dans le salon.

Mathilde leva sa spatule pour signaler son envie d'intervenir, mais l'échappa sur le sol. Elle la ramassa et se tourna vers l'évier pour la passer sous l'eau. Jeanne reprit :

— Nous te préparons le déjeuner. Tu devrais être reconnaissant.

Mathilde pivota vers la table de la cuisine, où les deux autres discutaient du parfait colocataire sans se soucier des parts d'omelettes qui arrivaient sur la table. Ils mangèrent en continuant la conversation. Ils n'allaient pas repeindre.

Mathilde avança à tâtons. Des pupilles brillaient dans le salon. Elle appuya sur l'interrupteur du plafonnier.

— Qu'est-ce que tu fais là ? Lâche cette plante. C'est la nuit, murmura-t-elle à la bête.

Le chat, coupable, s'échappa. En passant dans le couloir pour retourner à la chambre, Mathilde pensa qu'elle ne réussirait pas à se rendormir. Elle fouilla dans les poches de son manteau, en sortit un paquet de cigarettes et l'hommage écrit pour sa grand-mère. Elle s'assit au salon et commença sa lecture en en allumant une. Ses yeux se posèrent sur le nom de Rose. Elle aimait les prénoms de fleurs. Elle entendit la chasse d'eau : Thomas ne dormait pas. Elle attendit que les pentures craquent, elle l'appela doucement. Il se cala dans une des chaises capitaines qu'il avait rapportées de chez ses parents.

— Tu ne dors pas ? dit-il.

— Non.

— Qu'est-ce que tu lis ? Une lettre d'amour d'une admiratrice secrète ?

Mathilde lui tendit la feuille.

— Ah, pardon.

— Non, ça va. Pendant la lecture, j'ai bloqué sur la dernière phrase. J'ai eu peur de le dire devant tout le monde.

« Je t'aime. J'aurais voulu que tu ne partes jamais et que tu connaisses mes enfants. »

Il la rejoignit sur le divan et plaça une main sur sa jambe. Il sourit et lui enleva la cigarette des lèvres pour en prendre quelques bouffées.

— Jeanne ne serait pas contente de te voir fumer.

— Je sais, mais tu ne lui diras rien.

— Tu veux des enfants ?

— J'imagine, oui. Je ne suis pas certaine que Jeanne en veuille.

Mathilde frotta sa joue contre l'épaule musclée. Ses pupilles dilatées par la noirceur plongèrent dans celles de Thomas. Elle avala sa salive et se contenta de baisser la tête. Faustine entra dans la pièce en s'étirant. Elle sauta sur le meuble de la télévision. Mathilde, absente, fixa l'animal qui se léchait les pattes arrière. Elle donna deux tapes gentilles sur la poitrine de Thomas et lui indiqua la porte. Elle lui fit un semblant de sourire, tira la couverture jusqu'à ses épaules et posa la tête sur l'oreiller. Sous son crâne, les plumes se tassèrent dans leur enveloppe de flanelle. Faustine apparut dans un coin du salon, rampa jusqu'au divan et vint se coucher sur le ventre chaud de sa maîtresse.

Les paumes de Mathilde se posèrent sur le comptoir de stratifié. La froideur de la surface réveilla la peau engourdie du bout de ses doigts. Ses pieds avaient quitté leurs enveloppes de laine pour se retrouver dans le bain. Un frémissement traversa son corps et retroussa chacun des poils de ses cuisses. Le bras tendu vers le robinet de la douche, elle s'étira la colonne vertébrale ankylosée par le sommeil. Elle approcha ses omoplates pour présenter son plexus au jet d'eau, ferma les yeux et laissa ses ongles parcourir son cuir chevelu. Les rigoles de savon coulèrent sur ses hanches pour s'échouer dans le fond usé de la baignoire. Elle empoigna le pommeau de la douche-téléphone, le coinça entre ses jambes. Étendue, la tête renversée vers l'arrière, elle projetait d'avoir, en ce lundi matin, un orgasme fulgurant.

On cogna à la porte. Mathilde sursauta.

— Oui ! Ça ne sera pas long, dit-elle.

Elle repositionna le jet entre ses cuisses. Après quelques secondes, elle laissa tomber ; sa concentration disparue ne reviendrait pas. Elle savait que Jeanne attendait de l'autre côté de la porte. Elle ferma l'eau, s'entoura de sa serviette sans prendre la peine d'essuyer ses jambes. Le miroir embué ne lui renvoya aucune image de sa mine déconfite. Mathilde ouvrit en affichant un air mécontent.

— Ne fais pas cette tête-là. Ça fait une éternité que tu es là-dedans.

— À peine dix minutes.

Jeanne posa ses mains sur le visage de Mathilde et l'embrassa d'un air bonhomme.

— Relaxe un peu là. J'ai un cours dans quarante minutes. Il faut que je parte.

Jeanne poussa doucement Mathilde et commença sa toilette.

— Pourquoi as-tu dormi dans le salon ? Est-ce que je prenais trop de place ?

— Faustine m'a réveillée. Elle était encore fourrée dans le bromélia. Je l'ai flatté pendant un moment et je me suis endormie là. Je crois qu'elle s'ennuie la nuit.

— Tu la gâtes trop. Elle te manipule.

— Tu te rends compte que tu parles d'un chat ? Tu es jalouse, c'est tout.

Elle ajouta :

— Je vais m'habiller. On se voit ce soir.

Mathilde passa sa main dans les cheveux de Jeanne et serra sa poitrine contre son dos. Jeanne essaya de sourire, la brosse à dent en travers de la bouche.

Il était plus de 18 h 30 quand Jeanne entra dans la cuisine. Mathilde, à la table, éminçait des légumes pour la soupe. Elles s'embrassèrent. Jeanne déposa son sac sur le sol et prit place aux côtés de Mathilde qui lui tendit un couteau. Elles restèrent un moment sans parler. Du silence de

Jeanne émanait une tension. Le néon du plafond illuminait à peine la pièce. Le son du métal contre les planches de bois ponctuait la scène. Mathilde savait que ce mutisme cachait quelque chose. Elle attendait.

— J'ai été prise pour le stage au Yukon. Je suis trop heureuse, annonça Jeanne.

— Un stage ? Tu ne m'en as jamais parlé.

— Mais oui, je t'en ai parlé. Je t'ai même demandé si tu voulais m'accompagner. Six mois à Dawson city. Tu as oublié ?

Mathilde, saisie d'étonnement, leva les yeux vers Jeanne. Une boule dans la gorge. Le couteau glissa et frôla l'intérieur de sa paume. Elle sursauta. Un morceau de carottes s'échappa et roula sur le sol. Un peu de sang coula sur la table. Elle se rendit à l'évier et passa sa main sous le jet d'eau froide.

— On pourrait en reparler plus tard ? demanda Mathilde.

Jeanne répondit d'un hochement de tête, sensiblement mal à l'aise. Mathilde, étourdie et faible, s'allongea sur le divan du salon. Jeanne termina la soupe.

Chapitre 3

Into the night de la trame sonore de *Twin Peaks* jouait. L'air pénétrait dans la voiture, soufflait sur le visage de Mathilde et soulevait sa chemise ample. Mathilde connaissait bien la route, s'étonnait chaque fois qu'elle retournait dans sa région de constater le bonheur que cela lui procurait. C'était toujours les mêmes lieux ; la cabane de l'Âne sur la grand-route, le bar, la rivière, le garage chez Jocelyn. Le simple fait de reconnaître le paysage au tournant de la route ou d'y voir des changements la réjouissait. Elle revenait en terrain connu. Ses gestes s'enchaînaient naturellement. Le clignotant à droite, elle tourna dans le rang. Le bracelet de perles de verre attaché à son rétroviseur tinta. Elle gara la voiture aux abords du fossé devant la maison blanche. La cour était déjà pleine de voitures.

Ils s'étaient rassemblés dans la petite cuisine de l'ancienne maison familiale. Tant de souvenirs s'accumulaient dans la pièce qu'on perdait la couleur des murs, ne la retrouvait que dans les armoires ou entre les pattes des fauteuils. Il ne s'agissait pas de séparer un héritage monétaire plutôt que de recueillir quelques objets significatifs et vider la maison pour la venue de futurs propriétaires. Les hommes furent désignés pour s'occuper du cabanon. Les femmes se divisèrent le haut et le salon fermé adjacent à la cuisine. Mathilde commencerait par la chambre du fond. Il y avait des années qu'elle ne gravissait plus l'escalier tous les dimanches pour aller y chercher du chocolat. Elle poussa la trappe et l'accrocha à l'aide d'un loquet. Elle s'avança et sans se poser de question, ouvrit une première boîte. On y avait entassé des savons de formes et de couleurs diverses. Mathilde se remémora avec plaisir les mariages de ses tantes où on les offrait en cadeau aux invités. Elle mit la boîte de côté et en déballa une deuxième ; des lunettes. Une troisième ; des sous-verres à l'effigie d'équipe sportive. Les cartons s'amoncelaient dans un coin ; on irait les porter plus tard dans un magasin de seconde main. Elle aperçut au fond de la pièce l'ancienne commode de la chambre qu'on avait dû monter pour laisser place au lit adapté. Dans un des tiroirs, elle trouva un foulard de soie qu'elle noua autour de son cou. Le miroir surplombant le meuble refléta une image qu'elle aima. Elle continua sa fouille. D'un coffre de velours noir, elle tira une chaîne d'argent ternie, deux bagues aux lourdes pierreries et un bracelet. Elle les mit de côté. Puis, elle tomba sur des cartes maintenues par un élastique. Un jeu de tarot. Entre deux cartes, elle trouva un mince feuillet d'instruction. Elle glissa le tout dans la poche arrière de son jeans.

Mathilde se tenait debout à côté du lit. Le corps de Rose, tout frêle, n'occupait pas même le tiers de la surface. Son visage faisait face à la fenêtre entrouverte. On entendait le vent fou, la pluie sur l'asphalte et un souffle rauque, celui de Rose. Une onde creuse, inhabitée, en dehors du monde. Dans la pièce, une foule de gens se massait et s'agitait dans tous les sens. Ils marchaient et parlaient. Soudain, le voile brumeux dans le regard de la grand-mère s'estompa et ses lèvres remuèrent. Le brouhaha empêchait Mathilde de saisir les faibles sons produits. Elle plaça son oreille près de la bouche de la grand-mère. Elle entendit un grillon chanter.

Mathilde ouvrit les yeux sur sa chambre. Un filet de lumière de lune pénétrait par une fente dans les rideaux. Mathilde discernait la forme du corps de Jeanne à ses côtés auquel elle se retint un instant pour pallier le vertige du mauvais rêve. Elle eut envie de la tirer du sommeil. Au lieu de cela, elle se leva puis sortit sans faire de bruit. Elle retrouva le chat, pour une énième fois, la tête enfoncée dans le bromélia.

Le vent s'engouffrait dans les rues, où l'on voyait filer les déchets jaillis de la neige fondue. On ne les ramassait pas, une tempête viendrait les couvrir pour quelques jours encore. Avril était un mois incertain. Mathilde rapprocha les pans de son manteau. La nuit était froide. Rue Saint-Paul, des silhouettes dansaient entre les meubles du bar. Du trottoir d'en face, Mathilde les enviait. Leurs gestes paraissaient confus, voire chaotiques, sans la musique qui les inspirait, mais absolument libres. Un drapeau national suspendu à un mât claquait. Mathilde remarqua qu'elle avait les deux pieds dans une flaque de névasse. De l'eau s'infiltrait par un trou de la semelle de son soulier. Elle s'adossa au mur de briques derrière elle pour enlever sa chaussure. Son bas de coton était bien mouillé. La porte du bar s'ouvrit, deux garçons en sortirent. Ils avaient l'air amoché. Ils titubaient. Ils entreprirent d'allumer la cigarette qu'ils avaient entre les lèvres.

Quatre allumettes y passèrent. L'un d'eux, furieux, lança des jurons. Un cri d'enfant jaillit d'un appartement en surplomb de la place. Une fenêtre s'éclaira. Mathilde sentit son rythme cardiaque s'accélérer. Les pleurs du petit comme un appel.

Tandis que Jeanne annotait des cartes routières, Mathilde pensait aux grillons, aux nuits humides de juillet où, enfant, elle enlevait les draps de son lit pour dormir directement sur le matelas. Elle ouvrait grand les fenêtres de la chambre et se laissait bercer par le chant des insectes jusqu'au matin. Elle devait avoir huit ou neuf ans. Elle se souvint du bloc d'à côté et d'un feu. La sirène avait retenti. Le même été, un voisin âgé mourut sur la pelouse de leur cour avant. Mathilde avait regardé ses parents faire les manœuvres de réanimation sans succès. Tous les habitants de la rue s'étaient assemblés autour du corps, attendant l'ambulance avec malaise et curiosité.

La voix de Jeanne l'arrêta dans sa réminiscence :

— Regarde, Mathilde, si on prend cette route, je crois que nous arriverons plus rapidement. On sauverait peut-être deux ou trois heures. À deux conductrices, on devrait parvenir à le faire en cinq jours. Je calcule que nous serons à Whitehorse dans l'avant-midi du 23. C'est bien, non ?

Mathilde ne trouva rien à répondre. Elle était repartie dans son souvenir. Debout sur la pelouse, elle observait l'homme couché au bord de l'entrée de gravier. Il avait la tête posée sur un oreiller au motif de cheval. Celui qu'elle utilisait dans le berceau de ses poupées.

— Mathilde, je te parle. Tu t'en fous ?

— Je m'excuse. Je pense à autre chose.

— Je me fends en quatre pour préparer ce voyage et tu n'arrives même pas à m'écouter deux secondes, tonitrua Jeanne.

Mathilde planta ses yeux dans ceux de sa compagne.

— Est-ce qu'il y avait des grillons dans ton village ?

— Évidemment, il y en a partout. Pourquoi tu parles de ça, maintenant ?

— Trouves-tu que le chant des grillons embrouille l'esprit ?

Jeanne plia la carte du Canada avant de la ranger dans un tiroir de la table de chevet. Elle souleva les draps et s'y glissa.

— Tu es vraiment lourde parfois, échappa-t-elle. J'essaie de nous planifier un voyage agréable et tu me parles de trucs complètement débiles.

Mathilde ne répondit pas. Elle se contenta de fixer le plafond et serra les poings.

— J'essaie d'être indulgente. Je sais que tu es en deuil, que ce n'est pas facile, mais aide-toi.

Mathilde restait silencieuse.

— Je ne voulais pas dire ça. Tu me pardonnes ?

Jeanne s'approcha pour l'embrasser. Mathilde se laissa faire. Lorsque leurs lèvres se quittèrent, elle recula la tête et dit :

— Jeanne, il faut que je te dise… je ne partirai pas avec toi. Je ne peux pas.

Elle aurait pu dire « je ne partirai pas en voyage », mais elle avait prononcé « avec toi » comme si sa décision concernait plus Jeanne que le départ et les mois d'absence. Elle eut mal un instant, la suite des choses lui apparut comme une logique implacable. Puis, elle fut soulagée. Elle se tourna vers la fenêtre, ferma les yeux et crut entendre les grillons de l'été 1994.

Chapitre 4

Mathilde ouvrit le journal. Elle le feuilleta rapidement jusqu'à ce qu'elle atteigne les dernières pages, celles des avis de décès et des messes anniversaires. La majorité des gens décédés était née entre 1940 et 1950. Elle regarda avec attention chacune des photographies, certaines dataient plus que d'autres. Elle se désolait de constater que le dernier bon portrait de quelqu'un puisse remonter aux années 1970. Plus bas dans la page, un visage clair ; aucun pixel ne brouillait les traits. Une jeune femme, à peine vingt ans. La famille recevait les condoléances dès le lendemain. Mathilde chercha la raison du décès. On ne le mentionnait pas.

La table prenait tout l'espace de la petite salle à manger. Claude, le père de Jeanne, se tenait au bout, à sa place habituelle. Il attendait. Il avait enfilé une cravate pour l'occasion. Jeanne aidait sa mère à la cuisine tandis que Mathilde plaçait les couverts. Il était déjà plus de dix-neuf heures et Mathilde se sentait faible. Elle n'avait rien mangé depuis son arrivée en début d'après-midi. Elle tira une chaise et s'assit. Ses ongles grossièrement taillés ainsi que la tache de graisse sur son jeans lui firent honte. Elle n'avait pas porté attention à son apparence, elle qui avait toujours eu le souci de bien se présenter devant ses beaux-parents.

Jeanne déposa un pain tranché et du fromage au centre de la table. Elle s'approcha de Mathilde et lui glissa à l'oreille :

— Tu t'es trompée. Tu as inversé le couteau et la fourchette.

Claude servait le vin et ne fit aucun cas de Mathilde qui changeait la position des ustensiles. Ils prirent place et mangèrent. Mathilde, peu loquace, se contentait de ne pas faire de bruit en coupant la viande et gardait les yeux bas. Elle dispersait les morceaux dans l'assiette de façon à ce qu'on pense qu'elle en ait mangé.

— Je pars travailler au Yukon dans deux semaines. J'ai un poste dans un musée historique, un contrat de six mois, annonça Jeanne. Je sais, je vous l'apprends tard, mais je voulais attendre que ce soit confirmé.

— Félicitations, ma belle ! lança la mère.

Le père leva sa coupe en premier. Ils trinquèrent à la belle occasion que cela représentait. Mathilde essayait de se réjouir et réussissait presque à tromper les convives.

— Est-ce que Mathilde va te suivre jusque là-bas ? demanda la mère.

Mathilde détestait la façon dont sa belle-mère parlait d'elle indirectement en sa présence. Elle n'eut pas le temps de répondre que Jeanne formulait déjà une excuse.

— Non, malheureusement Mathilde a des empêchements. Mais elle pense venir me rejoindre en août, ajouta-t-elle en déposant sa main sur celle de Mathilde.

Pour calmer Jeanne, Mathilde avait convenu qu'elle pourrait, peut-être, aller la rejoindre vers la fin de l'été. Elle ne savait que penser de cette solution liée à une distance prolongée. Pour l'instant, elle n'y réfléchissait pas. Les assiettes se vidèrent rapidement. On servit la tarte. On remarqua que Mathilde avait oublié les fourchettes à dessert sur le vaisselier.

Les aiguilles de l'horloge tournaient. L'aube approchait. Mathilde voyait déjà la couleur du ciel changer du bleu, au mauve, au rose puis à l'orangé. Elle contemplait la scène et pensait au rayon vert.

De son point de vue, de l'angle du bâtiment dans la ville, elle ne le verrait jamais, mais un jour à la mer, elle l'attendrait et, pendant une fraction de seconde, il lui apparaîtrait. Depuis que, toute jeune, elle avait lu le livre de Jules Verne à ce sujet, elle avait voulu partir à la recherche du rayon. Elle se souvenait d'un passage, voulut le relire. Dans la bibliothèque, elle trouva le livre rangé entre Marie de France et Virginie Despentes. Un reclassement s'imposait.

« Avez-vous quelquefois observé le soleil qui se couche sur un horizon de mer ? Oui ! sans doute. L'avez-vous suivi jusqu'au moment où, la partie supérieure de son disque effleurant la ligne d'eau, il va disparaître ? C'est très probable. Mais avez-vous remarqué le phénomène qui se produit à l'instant précis où l'astre radieux lance son dernier rayon, si le ciel, dégagé de brumes, est alors d'une pureté parfaite ? Non ! peut-être. Eh bien, la première fois que vous trouverez l'occasion – elle se présente très rarement – de faire cette observation, ce ne sera pas, comme on pourrait le croire, un rayon rouge qui viendra frapper la rétine de votre œil, ce sera un rayon "vert", mais d'un vert merveilleux, d'un vert qu'aucun peintre ne peut obtenir sur sa palette, d'un vert dont la nature, ni dans la teinte si variée des végétaux, ni dans la couleur des mers les plus limpides, n'a jamais reproduit la nuance ! S'il y a du vert dans le Paradis, ce ne peut être que ce vert-là, qui est, sans doute, le vrai vert de l'Espérance* ! »

Déjà, le soleil perçait derrière les immeubles voisins. Un mouvement attira l'attention de Mathilde. La porte du bloc où habitait Marion s'ouvrit. Thomas sortait en douce. Il tenait ses souliers dans ses mains. Mathilde se questionna sur la possibilité d'une aventure entre son colocataire et sa voisine. Elle se leva, repoussa la chaise sans faire de bruit et éteignit la lumière de la cuisine. Étendue dans son lit, elle entendit la porte de l'entrée s'ouvrir, se refermer puis se verrouiller. Elle imaginait la scène de sexe. Les cris, les râlements. La chair qu'on manipule. Elle suait. Une envie bête d'être avec lui monta en elle.

Le soleil pénétrait par la fenêtre de la chambre et frappait au centre du lit, juste sur la valise. Mathilde se tenait sur une chaise dans un coin. Elle ne voulait pas nuire à Jeanne qui paniquait en finissant ses bagages. Elle se contentait de flatter le chat. La porte entrouverte de la garde-robe permettait de voir qu'il n'y restait que peu de vêtements.

---

* Jules Verne, *Le Rayon vert*, Paris, Le Livre de Poche, 2005.

— Quelle heure est-il ?

Mathilde allongea le cou pour apercevoir le réveille-matin.

— 7 h 55. Il reste deux heures.

— J'ai presque terminé. Je ramasse mes derniers trucs dans la salle de bain.

Jeanne revint dans la pièce quelques minutes plus tard, un sac à dos à l'épaule. Elle le déposa sur le lit avec le reste de ses affaires.

— Tout est là. Le bureau aussi est vide. J'ai mis le reste de mes affaires dans le débarras. Si vous trouvez quelqu'un pour louer la pièce, je serais ravie. Et maintenant, tu auras beaucoup plus de place pour ranger tes vêtements. C'est un avantage.

Mathilde s'approcha de Jeanne et enserra ses bras autour de son cou.

— Tu reviendras, hein ? Promets-moi que tu ne me laisseras pas seule trop longtemps.

— Ça passera vite. Je te le promets. Surtout si tu viens me rejoindre en août. Puis, on pourra se parler souvent. Maintenant, est-ce qu'on peut en profiter un peu avant que je parte ?

Mathilde acquiesça et se blottit contre Jeanne. Chacune avait appuyé sa tête au creux de l'épaule de l'autre, tout près de la clavicule. Les deux filles restèrent collées pendant de longues minutes.

Jeanne desserra son étreinte et regarda Mathilde.

— Je te promets que tout ira bien. Tu sais que je tiens à toi.

— Oui, il ne faut pas s'en faire. Ça ira.

Elles souriaient. Elles s'allongèrent pour passer un dernier moment ensemble avant longtemps. Le temps continuait de filer bien trop vite.

Les portes de la voiture se refermèrent. Le sac de Jeanne trônait à l'arrière sur une pile de bagages. La valise avait été rangée dans le coffre. La conductrice, une amie de Jeanne, se rendait jusqu'au nord de la Colombie-Britannique. De là, Jeanne prendrait l'autobus voyageur. Mathilde retenait ses larmes. Ses paupières bouffies confirmaient qu'elle avait déjà beaucoup pleuré la veille. Elle s'avança vers la vieille automobile. La carrosserie perforée par la rouille donnait l'impression qu'elle allait se dissoudre.

— Bonne route, mange bien, fais attention.

Mathilde passa la tête par la fenêtre ouverte et embrassa Jeanne. Lorsqu'elle se retira, la conductrice mit la voiture en marche arrière. Le voyage commençait pour elles. Sur la pelouse devant le bloc, Mathilde envoyait la main. Elle y resta jusqu'à ce que l'auto tourne sur le boulevard et ne soit plus à porter de vue. En ce mardi matin,

Jeanne venait de quitter sa vie. Des myosotis fleurissaient dans les plates-bandes du propriétaire. Mathilde en arracha une poignée.

Sur le tapis de l'entrée, Mathilde s'effondra. Ses larmes salées s'échouaient aux commissures de ses lèvres. Elle évalua la profondeur du gouffre dans lequel elle venait de sauter. C'était sans fond. L'air avait du mal à pénétrer dans sa trachée. Elle s'efforça d'inspirer calmement et expira seulement après les sept secondes recommandées par son ancienne thérapeute. Elle recommença jusqu'à ce qu'elle émerge, reprenne connaissance et ouvre les yeux sur l'appartement. Au bout du couloir sombre, Faustine dormait sur son fauteuil favori ; en dessous, il y avait des moutons de poussières et un bas gris en laine, les pointes blanches et deux rayures rouges. Sûrement un bas appartenant à Thomas, là depuis longtemps. Tout était identique sans vraiment l'être. Mathilde se moucha dans une veste qui pendait de la patère. Elle pensa au beau temps, à la nouvelle journée. Sous ses mains, les poils de ses avant-bras se hérissaient.

Deuxième partie

L'été

Chapitre 1

Mathilde tira une chaise. Au centre de la table à manger, un message traînait parmi les assiettes sales. *Salut Mathilde d'amour, viens me rejoindre pour dîner. Je t'aime.* Une note, laissée là par Jeanne quelques semaines avant son départ. Mathilde éprouva une douleur dans le thorax. Son cœur s'émiettait peut-être. Les jours passaient sans qu'elle le réalise. La mélancolie la réveillait le matin et la bordait le soir. La tristesse la rattrapait dans chaque coin de son appartement.

On cogna à la porte. Mathilde ouvrit et sourit faussement. Marion, la voisine, se tenait dans le portique.

— Bonjour Mathilde, tu es seule ?

— Eh oui, je suis seule.

— Ah, d'accord. Eh bien, je viens de passer à la boulangerie. J'ai pris des pâtisseries. J'en ai tout plein. Ça te dit de les partager ?

Mathilde lui fit signe d'entrer. Elle courut se changer, enleva sa robe de nuit, enfila un soutien-gorge noir, une paire de jeans qui traînaient sur le plancher et un chemisier blanc. Elle se dirigea vers la cuisine en tressant ses cheveux près de la nuque, mit de l'eau dans la bouilloire et rejoignit Marion qui avait pris place sur la terrasse.

— Tiens, prends une clope, lui lança la Française en brandissant son paquet de cigarettes.

— Ah. Non, merci. J'essaie d'arrêter de fumer. Deux cigarettes par semaine maximum.

— Et tu y arrives ?

— Presque.

— Donc, Jeanne est partie. Le grand départ pour l'Ouest. Thomas m'a raconté. Tu ne voulais pas y aller ? Bah, je te comprends, faire quatre jours dans cette caisse pourrie, vaut mieux crever. Et là-bas, ça doit être emmerdant. T'imagines ? Que du froid, des chiens hurlants, la toundra. La galère.

— Oui, peut-être. En fait, je ne sais pas. Jeanne a l'air de s'y plaire.

Mathilde n'avait aucune opinion sur la chose. Elle sentait le malaise. Visiblement, Marion n'était pas venue échanger sur le départ de Jeanne devant le déjeuner ; elle espérait tomber sur Thomas. La bouilloire siffla. Mathilde se leva et courut à la cuisine. Elle déposa trois cuillères d'oolong dans une théière en forme de chameau, un cadeau, et y versa l'eau chaude. Sur un cabaret à l'effigie de la basilique Notre-Dame, ayant appartenu à sa grand-mère, elle disposa le breuvage, deux tasses et l'assiette de croissants. Elle traversa l'appartement, le regard fixé sur le liquide qui dégouttait de la bouche de l'animal à bosse.

Elle pesa ses mots longuement, puis, dans un effort pour se libérer, elle lança :

— Je m'ennuie déjà. L'absence, c'est comme la mort.

Elle se revit, à peine une heure plus tôt, assise devant le réfrigérateur à pleurer sur un pot de sauce à spaghetti maison laissé par Jeanne – de la sauce que personne ne mangerait – et animée par la peur d'anéantir ce qui lui restait de son amoureuse si elle s'en débarrassait. L'option de le laisser là, en attente du retour, et de voir la mousse y pousser l'embêtait tout autant. Les traces de Jeanne s'accumulaient un peu partout dans la maison pour lui rappeler son éloignement.

Elle poursuivit :

— Elle ne rentrera pas avant l'automne. Son contrat se termine en octobre. C'est long une saison.

Elle baissa les yeux, allongea le bras et saisit un croissant, qu'elle sépara en trois parts égales. Elle ne les mangea pas, se contenta de les observer. Les raisons qui la poussaient à s'ouvrir à Marion demeuraient nébuleuses.

— En trois ans, je ne vous ai jamais vues l'une sans l'autre. Tu n'auras pas le choix de te retrouver. Fais des trucs qui te plaisent. Et puis, je suis certaine que tu as fait le bon choix de rester.

Mathilde acquiesça de la tête. Elle amassa du bout de son index les miettes de croissants qui jonchaient la table et les jeta par-dessus la balustrade. Elle n'avait pas encore goûté à sa pâtisserie. Son regard se fixa sur le stationnement. Les souvenirs du départ tournaient en boucle dans sa tête. Comment ne pas couler ? Elle décoinça une cigarette du paquet resté entre les couverts. Elle la fuma doucement.

— Thomas revient dans six ou sept jours. J'aurai de la compagnie.

— Il est parti ? Je ne le savais pas. Il ne m'a rien dit.

— Ah non ? fit Mathilde faussement. Il est à New York depuis la semaine dernière.

Marion parut soucieuse.

— Il a décidé ça sur un coup de tête, ajouta Mathilde comme pour la rassurer.

Les tasses de thé vides annoncèrent la fin de la rencontre. Mathilde reconduisit Marion jusqu'à la porte. Elles se firent la bise et se promirent de se contacter dans la semaine.

Mathilde resta longtemps debout près de l'entrée. Elle regardait son lit, y vit la chatte couchée en boule, la tête sous les pattes. Elle alla la retrouver. Elle glissa ses doigts dans le pelage soyeux de la bête, massa la peau souple sur les muscles. La petite chatte ronronna et ouvrit à peine une paupière en se tournant. Mathilde la flatta un moment, concentrant ses caresses autour de la tête, jusqu'à ce que la chatte paraisse assez éveillée pour jouer. Mathilde arqua le dos et grogna en montrant les dents. Ses ongles se plantèrent dans le tissu de la couette. Elle s'approcha et feignit un coup de patte sur le flanc de la bête. La chatte s'écrasa et rabaissa les oreilles vers l'arrière. Ses pupilles se dilatèrent. Mathilde bondit et fit semblant de la mordre. Habilement, la chatte se libéra de l'étreinte pour mieux bondir sur la partie charnue du pouce de Mathilde. Une griffe mal-coupée s'y enfonça. Mathilde grimaça. Le jeu se poursuivit pendant un moment. Les deux finirent par s'écraser côte à côte.

Assise sur la toilette, Mathilde fixait la poussière accumulée sous le module de l'évier. Le thé qu'elle avait bu lui avait laissé la vessie pleine et une angoisse diffuse. La saleté sur les carreaux de céramique calmait ses inquiétudes. Mathilde occupait son cerveau en s'imaginant nettoyer les recoins – entre la baignoire et le muret, sous le calorifère et derrière la poubelle –, mais savait qu'elle n'en ferait rien. Elle retournerait à sa chambre, essaierait de lire et reviendrait s'asseoir sur la toilette, attacher son regard aux amas de peaux et de poils que l'humidité des carreaux emprisonnait.

Dans un coin, derrière la poubelle, elle aperçut un insecte. Une espèce de ver mou et allongé, mais surtout brillant qui bougea rapidement. Mathilde réfléchit à l'idée que la bestiole rampe sous la plante de ses pieds, se glisse entre ses orteils, atteigne ses mollets et ses cuisses jusqu'à trouver un orifice quelconque pour y pondre des larves qu'elle couverait. Elle plissa les yeux et crispa les doigts. Au moment où elle réunit assez de courage pour écraser l'immonde chose avec un livre, elle ne la repéra plus.

Mathilde boucla sa ceinture. Elle enfonça ses doigts dans le plastique chaud du volant. Ses mains moites y collaient. L'autoroute s'ouvrirait bientôt devant elle.

Assise au comptoir depuis quelques heures, Mathilde avait peine à se tenir. Elle renversa la tête vers l'arrière en s'enfilant cet autre verre de fort qu'on venait de lui verser. Les hommes assis à ses côtés applaudirent. On tourna une nouvelle carte. Un as. Elle allait devoir boire de nouveau. La serveuse retira le bouchon de la bouteille de Southern Comfort et versa un verre qu'elle tendit à Mathilde. Les poings en l'air, les garçons l'encouragèrent à boire. Le contenu du verre valsait sous ses doigts tremblants. Elle ne pensait plus. D'un coup, elle bascula la tête vers l'arrière. Le liquide brûlait dans sa gorge. Au comptoir, on riait toujours en se tapant sur les genoux. C'était la façon de communiquer par ici. Se saouler avec l'autre pour lui montrer qu'on l'apprécie. Mathilde essuya la goutte d'alcool qui lui coulait sur le menton. Elle fit signe aux garçons que c'en était fini pour elle. Elle les connaissait bien, depuis le temps. Ils étaient quatre. Ils sentaient les feuilles mouillées, la terre, l'essence et les bêtes mortes. Elle releva la tête et courut à la toilette, gênée.

La bouilloire siffla. Mathilde mit ses lunettes, sortit une tasse du lave-vaisselle et y versa de l'eau chaude. Elle y ajouta un sachet de tisane à la camomille. Sa main se promenait sur son crâne à travers sa chevelure épaisse. Elle décelait de minuscules perles qu'elle faisait rouler entre son pouce et son index. Mathilde profitait du moment de calme. De semaine en semaine, on effaçait les traces de vie dans la maison de Rose. Les portraits au mur avaient été enlevés, les bibelots emballés dans du papier bulle. On arrivait à peine à reconnaître la cuisine autrefois surchargée. Mathilde plongea la main dans son sac à la recherche de capsules d'ibuprofène.

Ne trouvant rien, elle renversa le contenu du sac sur le sol. Le jeu de tarot tomba à ses pieds. Depuis sa trouvaille, elle le transportait avec elle. Elle avait mémorisé avec attention la signification de chacune des figures, connaissait les vingt-deux arcanes majeurs ; ceux de bon ou de mauvais augure. Cependant, elle n'avait pas tenté un tirage complet. Le moment propice était peut-être venu, dans la maison de sa grand-mère, sur la table où elle l'avait probablement déjà elle-même utilisé. Elle coupa le paquet en cinq, sélectionna dix cartes qu'elle disposa selon le schéma que proposait le guide. Plusieurs cartes mineures, surtout des épées et des bâtons. Rien d'excitant. La dernière carte du tirage, la finalité : la lune. Un visage de femme dans l'astre lunaire regarde vers la terre. Au centre, une mare. Un cerf s'efforce de gravir un pic rocheux tandis qu'un lévrier poursuit un lièvre. Une écrevisse et un crabe se cachent sur la plage de galets. La carte du cycle. Embrasser la noirceur en attendant le retour de la lumière. Elle amassa les cartes, entoura le paquet de l'élastique et le glissa dans son sac. Son auriculaire accrocha un flacon de plastique. Elle l'ouvrit. Deux cachets tombèrent dans sa main. La camomille avait bon goût.

Avant de reprendre la route, Mathilde s'arrêta à la quincaillerie du village. Son père lui avait conseillé de se procurer un insecticide et d'en asperger certains lieux stratégiques, surtout la salle de bain. Elle arriva une heure plus tard à l'appartement et s'empressa de vider la bonbonne sur le carrelage. Sans hésitation, elle vaporisa chaque recoin de la pièce : le pourtour de la toilette, l'intérieur de la poubelle, les tablettes, la plomberie de l'évier et le cadre de la porte. Avant la fin de l'opération, l'air devint irrespirable et Mathilde dut se couvrir la bouche d'une serviette. Satisfaite, elle ouvrit les fenêtres et prit place sur le divan avec un verre de gin. Le soleil se couchait.

Chapitre 2

Thomas entra dans l'appartement. Il déposa son bagage près de la patère et, sans enlever ses souliers, il s'avança dans le salon. Mathilde dormait sur le divan. La télévision diffusait le générique de début d'un film français. La musique plongeait la pièce dans une atmosphère angoissante. Thomas retourna à son sac et en sortit un paquet à peine plus gros qu'un jeu de cartes. Il le plaça sur la table basse à la hauteur des yeux de Mathilde et éteignit les lumières. Il resta un moment dans la pénombre à l'observer. Elle ne se ressemblait pas. Il quitta la pièce et fit le tour de l'appartement. Dans la cuisine, quelques coupes séchaient sur un support près de l'évier. Une série de bouteilles de vin entourait le bac de récupération. Thomas ouvrit le frigo ; les tablettes présentaient un inventaire bien mince : du beurre d'arachide, de la vinaigrette faible en gras, un navet, des carottes, ainsi que quelques fruits et légumes rabougris. Il avait fait le trajet de retour en voiture et ne s'était pas arrêté depuis le Maine, où il avait bu un café dans un petit village. Il chercha un truc à grignoter dans l'armoire. Son regard se posa sur un sac de galettes de riz. Sans grande conviction, il le tira de là. Il entendit un bruit dans la pièce adjacente. Mathilde lui fit signe de s'approcher.

— Je pensais à toi ce matin.

— J'aurais pu te prévenir que j'arrivais, mais je voulais te faire la surprise.

— J'avais le pressentiment que tu reviendrais aujourd'hui. Tu dois être fatigué.

— Un peu. J'ai surtout très faim et comme je peux le constater, tu ne t'es pas améliorée dans la gestion de la nourriture. As-tu mangé au moins pendant mon absence ?

— Oui, dit-elle en souriant. Justement, je voulais aller faire les courses demain matin. Si tu en as envie, on pourrait sortir. Le resto sur Belvédère ferme tard, non ?

— Bonne idée. Tu sais, je n'ai pas eu ma dose de gras aux *States*.

— On peut trouver autre chose si tu préfères. Des sushis ?

— Non, je t'agace. C'est parfait. Et, je t'invite.

— Merci. Est-ce que je peux ouvrir ça ? dit-elle en faisant tournoyer la boîte entre ses mains.

— Qu'est-ce qui te dit que c'est pour toi ?

— Tu ne l'aurais pas mis sur la table juste devant moi.

Thomas s'avança et se posta près de Mathilde.

— Déballe-le.

— Tu t'es surpassé avec l'emballage.

— J'ai eu de l'aide de la caissière au *Duty Free*.

Mathilde défit la boucle rouge. Elle trouvait l'attention charmante. Elle pressa la languette pour ouvrir le couvercle cartonné.

— Des cigarettes ? Tu m'as acheté des cigarettes.

Thomas sourit. Il extirpa un briquet de la poche arrière de son pantalon et le lui tendit.

— Ce ne sont pas n'importe quelles cigarettes. Que du tabac naturel des États-Unis. Elles sont meilleures pour la santé.

Mathilde attrapa l'allume-cigarette à l'effigie de Marilyn Monroe en s'esclaffant.

— Merci. Je vais les déguster.

— Viens maintenant, dit Thomas en enfilant sa veste. Je meurs de faim.

Elle revêtit une robe courte, un chandail en tricot et une paire de souliers plats. Ils sortirent, s'allumèrent chacun une cigarette. Le vent soufflait. La longue chevelure de Mathilde volait en tout sens. Elle avait encore en main le ruban rouge. Elle s'en servit pour retenir ses cheveux au-dessus de sa tête. Ils se rendirent au casse-croûte à deux pas de l'appartement.

Devant un énorme burger, Thomas raconta à Mathilde son séjour sur la côte est des États-Unis ; les parcs nationaux, les fruits de mer, les sorties dans les bars et une fille qu'il avait rencontrée.

— Elle me rendait fou.

Mathilde baissa les yeux et prit une gorgée de sa boisson gazeuse. Un couple assis à sa diagonale ne disait rien. La femme trempait machinalement ses frites dans la mayonnaise avant de se les enfoncer dans la bouche. L'homme lisait le journal ; dans le plateau devant lui, deux tranches de tomate et une feuille de laitue avaient été mises de côté. Thomas essuya ses mains graisseuses dans une serviette de papier et effleura les cheveux de Mathilde. Il tira sur un des bouts du ruban et défit la boucle. Sa caresse se prolongea ensuite sur la joue charnue de Mathilde, puis sur sa lèvre supérieure.

— Tu es dans la lune. Allez, on s'en va, dit-il.

Elle le suivit sans rien dire. En sortant de la cantine, Thomas passa ses bras autour de la taille de Mathilde et lui dit :

— Ne t'en fais pas pour Jeanne. Je suis là, moi. On va s'amuser.

Ils firent une course jusqu'au boulevard. Thomas laissa Mathilde gagner. Ils s'arrêtèrent à l'épicerie du coin où ils achetèrent de la bière et des arachides en écales. Quand ils rentrèrent, le même film français jouait à la télévision. Ils regardèrent la scène finale :

« — Je ne peux plus vivre sans toi et lui, sans toi et Paul.

— Fous le camp.

— Je vous aimais tellement tous les deux.

— Tu me fais horreur, tu me dégoûtes. Ton amour me dégoûte. Tu n'as pas encore compris que tu étais de trop. Allez, salut ma vieille.

— Et moi, là-dedans ? Tu crois que je n'en ai pas marre. Ce n'est pas facile de partir maintenant. Maintenant que j'ai connu autre chose. Pourquoi es-tu fâchée, Frédérique ? Parce que je vous aime ? Parce que je t'aime ou parce que j'aime Paul ? Je n'ai jamais rien connu d'autre. Comment peux-tu m'en vouloir pour mon premier bonheur ? Je m'en vais. N'aie pas peur, je m'en vais tout de suite.

Why enfonce le couteau dans le dos de Frédérique. Par trois fois, sa tête tombe à la renverse avant de choir au sol, entre la chambre et le salon.

— Et maintenant, Frédérique, je peux te le dire. Est-ce que tu as remarqué qu'on se ressemble ?

Why enfile les vêtements de Frédérique. Dans une conversation téléphonique, elle invite Paul à la rejoindre. Il arrive en allumant une cigarette. Il entre dans la villa*. »

Le téléphone réveilla Mathilde. Elle ne bougea pas, puis pensa qu'il pouvait s'agir de Jeanne. Son dernier appel datait déjà de plus d'une semaine. Leurs horaires ne coïncidaient pas. À l'idée d'entendre sa voix, Mathilde courut vers la table dans l'entrée. La sonnerie s'éteignit dès qu'elle s'empara de l'appareil. Elle vit sa mine déconfite dans le miroir, s'envoya une grimace et retourna à son lit. De toute façon, elle n'avait rien à dire à part évoquer son ennui. Les rares discussions avec Jeanne la rendaient plus triste qu'heureuse. Le téléphone sonna à nouveau. Mathilde repoussa vigoureusement la couette qui couvrait son corps. Celle-ci s'échoua au sol. Cette fois, Mathilde se rendit à temps et répondit, pleine d'enthousiasme. Marion les invitait à prendre le déjeuner, Thomas et elle. Mathilde déclina l'offre, elle précisa qu'ils avaient beaucoup bu et que son estomac ne le supporterait pas. De toute façon Thomas était sorti. Elle proposa néanmoins à

* Claude Chabrol, *Les Biches*, 1968.

Marion de manger plus tard dans la semaine. Elle raccrocha.

La chaîne en or brillait sous la lumière de la lampe. Fine et délicate sur le poignet gauche de Mathilde. Les mailles vénitiennes glissaient entre ses doigts. Elle ne se souvenait pas avoir vu sa grand-mère la porter. Elle ressemblait plutôt à une chaîne d'enfant. Malgré les deux tours à son poignet, elle bougeait librement jusqu'au milieu de son avant-bras.

La lampe ainsi que l'ordinateur et les autres appareils électriques de la pièce s'éteignirent d'un coup. Mathilde se figea, regarda autour en retenant son souffle. Elle voyait que les voisins d'en face avaient toujours de l'électricité, mais presque aucun éclairage ne traversait la rue pour entrer par sa fenêtre. Elle ne supportait pas bien l'obscurité, s'y sentait piégée. C'était comme une claustrophobie inversée. Sans la perception des distances entre les objets, elle sentait l'espace s'agrandir tandis qu'elle devenait une petite chose incapable de se mouvoir. Elle ne dormait même jamais seule dans le noir. Depuis longtemps elle avait trouvé des moyens pour ne pas y être contrainte. À deux, ça allait, elle arrivait à ne pas se laisser aller dans la peur. Elle se déplaça lentement, à tâtons jusqu'à la bibliothèque où elle savait qu'elle trouverait des chandelles. Ses gestes menus trahissaient sa nervosité et lui demandaient beaucoup d'efforts. Elle avait le briquet de Thomas dans la poche de son jeans. Elle alluma les chandelles et les plaça au centre de la table basse. Dans l'obscurité, les flammes tressautaient. Mathilde appela la chatte. Faustine ne vint pas. Mathilde posa à nouveau ses doigts sur le bracelet, le glissa hors de sa main. Elle n'avait qu'à rapprocher le pouce et l'auriculaire pour que la chaîne s'extirpe sans effort. Même chose pour la remettre. Elle appela à nouveau la chatte. Sans le bruit des électroménagers, on pouvait entendre chaque craquement de l'appartement. Aucun son de la griffe de la chatte sur le parquet. Mathilde demeurait immobile. Ses yeux s'étaient habitués à l'obscurité. Elle frissonna, rapprocha les avant-bras au centre de son corps et courba les épaules. Le bracelet glissa et tomba au sol. Mathilde essaya de le voir sans trop bouger. Elle étira la tête, puis se pencha au-dessus de ses jambes. Il était là tout près de son pied et de l'espace sous le divan. Elle replia complètement le tronc sur ses cuisses, allongea les doigts et en le saisissant, elle aperçut la carcasse d'un cloporte. La coquille recourbée vers l'intérieur paru sèche. Elle souffla sur la bestiole qui s'enfonça davantage sous le divan. La lumière revint en même temps que le vrombissement du réfrigérateur. Tout ce qui était allumé avant la panne l'était à nouveau.

Mathilde regardait les volutes bleutées monter de sa cigarette américaine jusqu'au plafond. Elle devenait une vraie fumeuse, de celles qui ne s'en font pas de rider des lèvres. Quand elle voulut écraser sa cigarette dans le cendrier, elle remarqua qu'il débordait. Elle garda la cigarette au coin de la bouche et se rendit à la poubelle où elle vida les cendres. Un film gras persistait sur la surface de verre. Elle se souvint du truc de sa tante. Un mouchoir sec. Mathilde écrasa sa cigarette dans le cendrier propre. La nuit avançait, elle n'avait presque rien fait de la journée. Cela lui inspira l'idée de commencer un projet. Elle y réfléchit, choisit plutôt de lire dans son lit.

La couette reposait toujours au sol. La chambre était en désordre. Sur la table de chevet, de la vaisselle sale côtoyait des mouchoirs. Mathilde ramassa quelques vêtements sur la commode, les plaça dans un panier. Elle tira le drap contour du lit, le coinça sous le matelas. Elle souleva la couette. Une patte grise pointait. Faustine étendue. Mathilde la prit contre sa poitrine. Ses pattes raides ne plièrent pas. La chatte ne vivait plus. Sans trop réfléchir, elle la transporta dans la baignoire. Dans la salle de bain, l'odeur d'insecticide piquait encore les narines. Elle installa le chat sous le robinet. Sur le rebord du bain, assise au sol, Mathilde déposa la tête sur les genoux et attendit. La plante moite de ses pieds dans le froid aseptisé. Elle frissonna. Enfant, on lui avait raconté que les défunts s'entassaient dans les conduites d'eau pour récupérer l'énergie des vivants. Elle se surprenait à y penser encore trop souvent, mais cette fois-ci, elle espérerait peut-être que le processus s'inverse, qu'on redonne au lieu de prendre. Elle souhaita la présence de Jeanne. Un flot de larmes envahit ses yeux. Mathilde passa sa main dans les poils rugueux du crâne de l'animal. Elle ajusta la température de l'eau, la laissa couler. Elle était désorientée. Elle sécha ses pleurs et se mit au travail. Il fallait laver le chat et le parer comme une momie. Le shampoing à l'extrait de capucine moussait sur le corps de la bête. Le poil mouillé s'écartait et laissait voir la peau pâle presque blanche. Sur le ventre, entre les cuisses, la cicatrice. L'opération qui visait à empêcher la reproduction. De son auriculaire, Mathilde caressa le renflement. Elle lui avait pris cela.

Elle détacha le collier du cou de la chatte. Des gouttes brillaient sur la médaille dorée. Elle ébouriffa le poil aplati sous le jet. Sur une tablette, elle trouva un coupe-ongles. Elle pressa chaque coussinet pour en extraire la griffe qu'elle coupait au plus près de la veine, se gardant de la pincer. Quand elle eut terminé, elle demeura là, se demanda si elle utiliserait le séchoir à cheveux ou une serviette.

Chapitre 3

Mathilde emplit de jus d'orange les deux verres que Marion avait laissés sur la table, puis d'un air apathique, déposa le cendrier sur le sol. L'odeur des mégots lui soulevait le cœur. Elle approcha une chaise et tourna le parasol pour couper un peu du soleil de midi qui tapait fort sur la terrasse du deuxième étage. Marion apparut dans un carreau de verre de la porte. Sa robe fuchsia contrastait avec le blanc du salon. Elle portait le pain, les pots de confiture et les fruits. Elle manœuvra pour ouvrir la porte. Mathilde ne bougea pas.

— Mathilde, arrête de faire cette tête, dit-elle en se débarrassant de sa charge.

Mathilde replaça la manche de son t-shirt sur son épaule brûlante. Elle remarqua la ligne de crayon sous les yeux de Marion et le mascara qui allongeait ses cils. Sa voisine avait même mis du rouge à lèvres, tandis qu'elle n'avait pas pris de douche. Mathilde glissa la main sur sa nuque. Elle avait emballé son chignon de cheveux dans un carré de soie. Rien n'y paraissait. Elle approcha les doigts de son nez. Fleurs sur fond de sébum.

— Je suis encore endormie, fit-elle pour s'excuser.

— Tiens, prends du café, dit Marion en versant le liquide dans une tasse.

Marion dévissa le couvercle du pot de sucre et tendit à Mathilde le manche d'une cuillère qu'elle plongea dans le bocal. Les grains glissaient, se plaçaient en sillons autour de l'ustensile. Des motifs se créaient et disparaissaient. C'était comme un jardin zen de bureau, mais sans les figurines de Buddha. Mathilde versa une quantité de sucre dans sa tasse. Elle plongea à nouveau la cuillère, puis se ravisa. Marion attendait, toujours debout près d'elle.

— Tu as l'air en forme, aujourd'hui, lança Mathilde pour briser le malaise.

— Merci, répondit-elle.

Marion prit place devant son invitée. Elle étala du beurre sur une tranche de pain rôti. Son couteau bougeait gracieusement.

— J'ai recommencé la nage depuis deux semaines. Ça me fait un bien fou. Tu devrais t'y mettre.

— Je ne suis pas vraiment une bonne nageuse. Je n'ai jamais appris. Mes parents n'aimaient pas beaucoup l'eau.

Mathilde tourna les yeux vers son appartement du bloc voisin. Par la fenêtre de la cuisine, par la fente des rideaux à demi tirés, elle apercevait la table en bois, les armoires et peut-être même Faustine battre de la queue à la vue des écureuils.

La bête était toujours dans la maison. Sous le lit, dans une boîte. Encore humide, mais raidie. Elle ne pouvait s'en défaire maintenant.

Marion lui saisit le menton doucement.

— Hé ! Tu es là ?

Mathilde hocha la tête. Elle avala une gorgée de café.

— Elle reviendra.

Mathilde se sentait très fatiguée. Les mots de Marion ne la réconfortaient pas. Elle ne comprenait rien. Une image-choc du retour de Jeanne la happa. Elle se laissait tomber, Jeanne l'attrapait à bout de bras, la soutenait, enfin.

— Parfois, je me dis que j'aurais dû la suivre. Je ne suis pas faite pour être seule.

Mathilde sortit le paquet de cigarettes offert par Thomas. En l'ouvrant, elle remarqua qu'il n'en restait qu'une. Elle la plaça entre son index et son majeur. De l'autre main, elle écrasa l'emballage de carton déjà en piteux état. Elle ramassa le cendrier et le mit au centre de la table, près des pamplemousses. Elle se ressaisit.

— Je le sais depuis longtemps que je ne suis pas faite pour la solitude.

— Je pensais que tu ne fumais plus, dit Marion surprise.

— J'ai laissé tomber. Je n'y arrive pas.

— Bah, je n'ai jamais réussi à arrêter non plus. Je compense par le sport et je mange moins de viande. Ça me donne bonne conscience.

— Je dois dire que je n'ai pas trop mauvaise conscience à ce sujet. Maintenant que Jeanne est au Yukon, je n'ai plus à écouter ses réprimandes sur ma consommation de cigarettes. Thomas est le premier à allumer les clopes.

— Il va bien, lui ?

— Oui, bien.

— Vous passez du temps ensemble ?

— On vit ensemble. Ce serait difficile de faire autrement.

— Tu conviendras que c'est un garçon mystérieux. Il n'est pas du genre à s'ouvrir. J'aime le regarder, il est tellement beau, mais je n'arrive pas à le capter. Il se dérobe entre mes mains. Parfois, je le trouve même chelou.

— Chelou ?

— Louche. Au fait, il est comment avec toi ?

— Je le connais depuis trop longtemps. Je ne sais pas. Je ne le trouve pas louche. Il est attentionné. Il est drôle. Il est…

— Je ne voudrais pas me faire d'idées. Si tu l'entends parler d'une autre fille, j'aimerais que tu me le dises.

— Oui. Je le ferai.

« Tu es une bonne personne. » La famille s'était réunie dans la cour arrière de la maison de ses parents. Mathilde n'avait pas envie de discuter avec eux ni même de les regarder rire de blagues qu'elle ne comprenait pas avec leurs mots trop longs et compliqués. Elle s'était réfugiée chez le voisin, avait réussi à pénétrer dans la maison par la trappe à chien et à y jouer sans être vue. Plus tard, son père l'avait trouvée. Elle ne savait rien de la fin de la fête, avait tout oublié de la fuite, mais se sentait coupable. On l'accusait d'avoir tué sa mère, son frère, sa grand-mère et la voisine. Mathilde n'en croyait rien, mais sentait qu'on pouvait dire vrai. Elle était mauvaise. Dans un instant d'égarement, elle avait pu commettre des meurtres. Son père pleurait. Elle aussi. Dans le garage, elle trouva Rose vivante. Une larve dotée d'une tête humaine s'avançait vers elle en la suppliant : « Grand-maman Rose, prends-moi. » La grand-mère tendit les bras et berça le minuscule bébé. Elle regarda Mathilde et dit : « Tu es une bonne personne. »

Il ne faisait pas encore tout à fait jour, il devait être quatre heures trente, peut-être cinq heures, mais assez de lumière pénétrait la pièce pour que Mathilde ferme la lampe de chevet. Elle se tourna, releva les couvertures jusqu'à son cou et espéra retrouver le sommeil.

Le moteur de la voiture démarra. Mathilde appuya sur l'accélérateur avec vigueur. Les roues arrière envoyèrent valser une poignée de cailloux. Elle dégagea la mèche de cheveux qui lui bloquait la vue et l'accrocha derrière son oreille. Elle tourna le bouton de la radio, puis tira une cigarette du paquet qui traînait sur le siège du passager. Elle l'alluma, ouvrit la vitre et jeta l'allumette à l'extérieur. La fumée de la cigarette lui racla la gorge. Le soleil se levait à peine sur la ville, l'absence de circulation lui permettait de rouler rapidement et de brûler quelques feux rouges.

Elle stationna le véhicule devant une usine en béton. Par un trou dans le grillage de la clôture, elle pénétra dans un sentier de terre. Au bout du petit chemin, une voie ferrée conduisait à un tunnel. Le train passerait dans douze minutes. Elle saisit la boîte contenant le corps du chat et le plaça sur les rails, puis se coucha à côté. Elle ferma les yeux. Dans sa tête se formaient des dessins abstraits : des ciels, des nuits étoilées, des tempêtes cosmiques où des forces magnétiques traçaient des sillages de poussières et de particules. Mathilde voguait, son imagination inspirée par les heures de visionnement de vidéo en ligne. Une naine brune, étoile avortée, une boule de gaz n'ayant pas réussi à se transformer, l'échec de la naissance. La masse gazeuse n'aurait pas une mort spectaculaire. Le temps s'arrêta pendant onze minutes. Elle se releva, laissa la boîte derrière elle tandis qu'elle regagnait le sentier. Elle avait maintenant moins peur. Tout cela devait disparaître.

Dès que la sonnerie retentit, Mathilde sursauta. Elle courut vers son ordinateur. La musique du logiciel de vidéoconférence avait quelque chose de plus excitant que le son du téléphone.

— Salut, lâcha rapidement Mathilde avant même que l'image de Jeanne apparaisse.

Jeanne ajusta la caméra pour cadrer son visage plutôt que ses seins et la salua à son tour.

— Est-ce que tu me vois bien ? demanda-t-elle. J'ai des problèmes de connexion internet ces temps-ci. J'espère que ça ne coupera pas trop.

— Oui, je te vois. Même si tes yeux sont deux gros pixels noirs, je te reconnais. Je m'ennuie de toi.

— Moi aussi, je m'ennuie.

— J'ai hâte que tu sois avec moi.

— Oui. J'ai hâte aussi.

— Les affaires vont bien ?

— On commence à accueillir de plus en plus de visiteurs au musée. Les touristes arrivent en ville.

— Il y a beaucoup de gens qui vont au Yukon ?

— La plupart arrivent d'Alaska et descendent jusqu'en Oregon. D'autres viennent des Prairies. Il y aussi beaucoup de Français qui veulent vivre le Canada sauvage.

— Le Canada sauvage ? Et toi, tu le trouves comment ?

— Je ne l'ai pas assez vu encore. Je devrais partir en canot bientôt. Dès que j'aurai un peu temps.

— Tu travailles beaucoup ?

— Quand même. Je ne t'ai pas dit, je suis déménagée au *campground* depuis la semaine dernière. C'est correct, sans plus.

Mathilde s'étonna de ce changement. Jeanne détestait le camping. Ce devait être une question d'argent.

— Je suis contente de savoir que tu vas bien. De mon côté, je suis souvent seule à l'appartement. Thomas sort beaucoup, comme d'habitude.

— Qu'est-ce que tu fais ?

Elle choisit de ne pas parler du chat.

— Je lis, je prépare mon entrée à la maîtrise. Je t'ai parlé du jeu de tarot que j'ai trouvé chez ma grand-mère ?

Jeanne remua la tête. Mathilde étira le bras dans la bibliothèque et saisit la boîte cartonnée.

— Je ne connais pas toutes les cartes encore, mais je les étudie. Les illustrations sont magnifiques, mais je ne pense pas que la caméra soit assez bonne pour que tu puisses les voir.

— Essaie.

Mathilde choisit la Tour dieu. L'image se tritura. Des plages de couleur apparurent sur le visage de Jeanne puis disparurent. Mathilde s'arrêta un moment, regarda et fit une capture d'écran.

— Je ne vois rien.

— Quand tu reviendras, j'essaierai de te faire un tirage.

— Tu sais que je ne suis pas obsédée par l'idée du futur.

— Tu es plate. Moi, je donnerais tout pour savoir. Je n'aurais plus à m'inquiéter. J'attendrais dans le calme.

Les cartes s'alignaient devant le clavier.

— De toute façon, je ne crois pas que le tarot soit vraiment à propos du futur. Je pense qu'il s'agit plutôt de pistes de réflexion.

Elle hésita.

— Tu es toujours là ? Tu m'entends ?

— Allo ? dit Jeanne.

— Tu m'entends ?

— Oui, c'est mieux.

Mathilde reprit.

— Je ne savais même pas que ma grand-mère avait ces cartes. J'étais très contente de les trouver. J'ai rêvé à elle, justement. J'ai rêvé que je l'avais tuée. Je n'y croyais pas, je ne pouvais pas avoir agi de la sorte, mais je doutais de moi. Je me souviens d'un sentiment très confus. Je ne me reconnaissais plus. Je me sentais vraiment coupable. J'ai eu une drôle d'impression toute la journée. Un peu comme une profonde remise en question. As-tu l'impression d'être une bonne personne ?

Jeanne ne répondait pas. Mathilde continuait à étaler des cartes devant elle. Elle demanda à nouveau :

— Suis-je la seule à douter ? As-tu l'impression d'être une bonne personne ?

— Mathilde ?

— Je suis là. Est-ce que ça fonctionne ? dit-elle excédée.

— Oui, oui, mais il y a un décalage et ça coupe. Je pense qu'on devrait raccrocher. Je te rappelle bientôt.

— D'accord. Je…

La vidéo s'interrompit. Mathilde baissa les yeux. Le soubresaut qui avait précédé la mort de Rose et la grimace de douleur sur son visage lui revenaient parfois en tête. La carte de la Lune apparaissait encore une fois dans son tirage.

Chapitre 4

Mathilde descendit de l'autobus, regarda à gauche et à droite et traversa la rue. Ses cheveux collaient à la sueur de son dos. Elle tira l'élastique qu'elle gardait à son poignet droit et les attacha en un chignon. Elle sentit une faible brise rafraîchir son corps. Elle entra dans le café le regard livide, puis jeta un coup d'œil aux clients qui emplissaient la pièce en ce lundi après-midi. Elle s'approcha du comptoir, hésita à commander une soupe minestrone, mais s'en tint à son habituel *caffe latte.* La barista fit chauffer attentivement le lait et monta juste assez la mousse. Leurs regards se croisèrent. Elle lui tendit la tasse, Mathilde esquissa un sourire et tourna les talons pour aller s'asseoir près de la vitrine. Elle déposa sa tasse sur la tablette en bois, essuya les ailes de son nez où perlait une mince couche de transpiration et sortit un livre de son sac à bandoulière. La rue passante donnait sur une place publique devant la bibliothèque. Une foule de gens s'y agglomérait pour profiter des journées chaudes de juillet. Certains marcheurs s'y arrêtaient pour se tremper les pieds dans la fontaine. Mathilde préférait l'air conditionné, elle sortirait vers 17 heures quand la chaleur serait supportable. Elle mangerait peut-être sur son balcon. Elle ouvrit le livre à plat près de son breuvage, mais son regard s'accrocha à une femme portant un bébé dans ses bras. Elle touilla la mousse de lait pour bien mélanger la cannelle au café. Elle porta la cuillère à sa bouche, absorba la mixture et la pressa de sa langue contre son palais. Encore chaud. Elle s'entêtait à boire son café même dans les pires canicules de l'été. C'était plus fort qu'elle. Elle ferma les paupières et retira l'ustensile en le laissant reposer sur sa lèvre inférieure. Mathilde fixait la mère et l'enfant. La femme avait posé le bébé sur la place. Il marchait maladroitement, titubant à gauche et à droite. Un reflet de lumière envoyé par le chrome d'une motocyclette pénétra dans son œil. Sa paupière tressauta. Son regard s'emplit d'une fine couche de larmes. Elle baissa la tête par réflexe. À sa droite, un homme la dévisageait. Elle le remarqua, délogea rapidement la cuillère de sa bouche et reprit un air contenu. Il portait un chandail de coton. Ses tempes grisonnantes et ses lunettes rondes trahissaient son âge. Il sortit un calepin, y griffonna quelques mots. Il se leva, laissa sa tasse vide à la serveuse et lui fit un salut de la tête.

Mathilde essaya de se concentrer sur sa lecture, mais l'homme se planta en face d'elle, sur le trottoir. Elle fit mine de ne pas le voir et se réfugia dans son livre. Elle savait qu'il l'observait. Elle glissa la main à l'intérieur de la bretelle de sa robe à la recherche d'un bouton, elle en trouva un sur son omoplate, le pinça – un tic nerveux. Puis, incapable de soutenir la pression plus longtemps, elle leva les yeux vers l'homme. Il pointa son index vers elle et lui dit derrière la vitrine : « Vous êtes belle. » Elle haussa les épaules en signe d'incompréhension. L'homme répéta : « Vous êtes belle. » Il articula davantage. Elle lut sur ses lèvres, puis hocha la tête pour le remercier. Dès qu'il se retourna, Mathilde roula des yeux. Elle détestait ces moments. Elle acceptait les compliments, les appréciait en général, mais trouvait souvent les gens intrusifs. Elle préférait être invisible. Sa main cherchait à nouveau une pustule, cette fois sur son plexus solaire. Elle se dit qu'elle n'aurait pas dû sortir. Elle eut mieux fait de rester à la maison, faire du café dans la cafetière italienne et lire dans la chaise du salon. Elle se rappela la chaleur extérieure, la même qui ne sortait plus de son appartement. Elle ouvrit à nouveau son livre et trouva l'endroit où elle était rendue. Il y avait un peu de sang sur son ongle.

Mathilde savait qu'il y laissait la plupart de ses effets personnels. Elle avait vu Thomas y ranger un carton envoyé par sa mère qui avait dû, faute d'espace dans son nouvel appartement, trier les souvenirs et en expatrier un peu. Dans le premier tiroir de la commode, Thomas entassait les objets divers, ceux dont on n'aimait pas nécessairement voir la trace au quotidien, mais qu'on souhaitait conserver.

Ce n'était pas bien ordonné. Elle fouilla, balaya des doigts le fatras. Ce fut une photographie qui attira en premier son attention. Une femme nue écartait les jambes sur un lit. On voyait à peine le bas de son visage. Son menton, ses lèvres maquillées. Elle avait un beau corps. Des seins lourds, mais appétissants. Des mamelons foncés. Mathilde jeta un regard au-delà de la porte vers le corridor. Un calme plat. La culotte de la femme reposait sur ses mollets musclés. Une sportive, une coureuse, peut-être. Au centre de son ventre halé, un nombril tendu presque sorti. Elle n'avait aucun poil au pubis. Derrière le cliché, on avait inscrit : « À bientôt. J'ai déjà hâte. » Mathilde découvrit trois autres photos. La même personne à d'autres moments du jour et dans des positions différentes.

Au travers du pactole s'amoncelaient beaucoup d'objets moins précieux : condoms, crayons, boutons ensachés, paquet de gomme, lunettes, roches et bouts de papier gribouillés. Le tiroir de la commode devenait un débarras hétéroclite dont les éléments sélectionnés pour leur valeur côtoyaient les babioles qu'on ne savait où ranger. À gauche complètement du tiroir, quelques albums formaient une pile. Celui du dessus contenait une collection d'estampes. Au verso de la couverture, une inscription au feutre bleu faisait penser à un T, mais se terminait en de longs traits partout dans la page. Au bas des barbouillis, on avait inscrit *1991, 6 ans* au stylo.

En 1991, les parents de Mathilde avaient fait des travaux majeurs dans la maison. Les fondations en pierre s'étaient fissurées et étaient devenues perméables. Parfois jusqu'à soixante centimètres d'eau pouvaient s'accumuler dans la cave. La pompe ne parvenait plus à drainer l'afflux d'une source souterraine. Un marécage sous la maison. On descendait par un escalier de bois presque pourri. La poignée en verre de la porte donnait déjà une idée rapide de l'âge de la cave.

Le sol en terre battue, les toiles d'araignées, la seule ampoule pendante du plafond participaient à l'étrangeté de l'endroit. Mathilde explorait parfois les recoins, non sans peur, et y trouvait des escargots dans les étagères couvertes d'une poussière crasse. Elle les transportait du bout d'un bâton pour les entasser dans des bocaux. Ensuite, elle enfilait les gants de plastiques de la trousse de premiers soins et peignait leurs coques de vernis à ongles. Lorsque, moins précise, elle dépassait et étalait du vernis sur la muqueuse de l'escargot, il sécrétait une bave mousseuse, puis déféquait. Il ne mourrait pas toujours.

Une enveloppe attira son attention. Elle contenait une dizaine de photographies sans plus. La majorité d'entre elles avaient été prises à l'extérieur pendant la saison chaude. Thomas jouait dans le carré de sable avec ses camions. Mathilde imaginait facilement la scène, le photographe, probablement un des parents, cadrait le portrait et avant d'appuyer sur le déclencheur interpellait le petit, ce qui lui donnait chaque fois cet air surpris. Quelques photographies le présentaient couché sur la table, dans le bain, sur le plancher avec un chien. Un enfant mignon, visage bien rond, yeux foncés, cheveux abondants, un éclat dans l'œil. Puis, celle à l'hôpital lors de l'accouchement. La mère avec son air fatigué, la frange collée sur le côté du crâne par la sueur. Elle avait la tête lourdement appuyée sur l'oreiller et regardait le nouveau-né d'un œil brillant. Le petit encore rouge était emmailloté dans les couvertures. On ne voyait que son visage pointer en dehors du cocon. Le père se tenait debout près du lit, fièrement. Malgré la beauté de la scène, Mathilde choisit plutôt de prendre un autre portrait de Thomas, moins personnel, celui où il se tenait debout appuyé à l'angle des murs. Il devait avoir deux ans maximum. Il portait une salopette en velours côtelé et un col roulé jaune. Elle glissa le cliché sous son chandail. Avant de fermer le tiroir, elle replaça les objets qu'elle se souvenait avoir touchés pour que rien n'y paraisse.

Dans sa chambre, elle inséra la photographie dans un livre posé sur la table de chevet.

Mathilde somnolait sur le divan. Thomas entra dans le salon. La télévision toujours ouverte envoyait un halot de lumière sur son visage. Thomas appuya sur le bouton pour l'éteindre. Mathilde s'en rendit compte, ouvrit les yeux. Elle se redressa et replaça la couverture sur ses jambes nues.

— Salut, dit-elle tandis que Thomas prenait place sur l'autre canapé. Tu étais où ?

La question parue l'agacer. Il répondit sèchement :

— Bah, nulle part. Et toi, pourquoi tu es toujours là à dormir dans le salon ? Tous les soirs, je t'y trouve.

Mathilde haussa les épaules en abaissant la lèvre inférieure.

— Je n'ai rien à faire. Alors, je t'attends, je t'espionne.

Elle rit.

Elle s'approcha de Thomas, passa sous son bras et posa la tête sur sa poitrine. Ils s'allongèrent côte à côte et contorsionnèrent leur corps pour les imbriquer l'un dans l'autre.

— Comment, tu n'as rien à faire ? Je pensais que tu te préparais à reprendre la maîtrise. Ton mémoire ?

— Non, je procrastine.

— Tu as peur ?

— Je pense qu'on pourrait appeler cela de l'appréhension. J'aimerais être à la hauteur.

— Tu le seras.

Thomas recula la tête pour l'observer longuement, puis appuya sa bouche sur celle de Mathilde. Elle se contenta de fermer les yeux, y prit un certain plaisir. Ils restèrent dans cette position longtemps, jusqu'à ce que la main gauche de Mathilde s'engourdisse, elle la dégagea de l'étreinte pour la laisser pendre comme la main d'une morte.

— On bouge ?

— Tu veux venir dans ma chambre ?

Mathilde se leva. Il passa devant. Elle le suivit, un peu mollement. Puis elle s'arrêta au milieu du corridor devant la porte de la salle de bain et dit :

— Je te rejoins dans deux secondes. Je vais me brosser les dents, si ça ne te dérange pas.

Elle ferma la porte, plongea son regard dans le reflet du miroir, baissa les yeux vers ses mains. Ses cuticules bien taillées, pour une fois, la ravirent. Entre ses doigts, sur un des carreaux du plancher, elle aperçut un insecte argenté. Elle s'agenouilla. Elle s'avança encore jusqu'à distinguer les écailles et les trois branches d'un lépisme. Du pouce, elle l'écrasa. Mathilde se redressa satisfaite sans prendre la peine d'essuyer la tache pâle.

Elle retira sa robe en la passant par-dessus sa tête, puis dégrafa son soutien-gorge qu'elle laissa tomber à ses pieds. Du bout des orteils, elle poussa les vêtements ainsi que sa culotte en un tas à côté du bain. Elle s'examina un moment dans la glace, fixa son attention sur les contours de son corps. Ses cheveux longs cachaient le bout de ses seins. La chair molle de ses cuisses formait deux petits renflements près de son sexe. Elle pinça la peau entre ses doigts. Sa main continua plus haut sur son ventre et atteignit ses côtes qu'on distinguait à peine. Son corps disproportionné dans la lumière jaunâtre de l'ampoule. Elle prit un verre d'eau sans se brosser les dents. Elle ne l'embrasserait pas.

Mécaniquement, elle se rendit à la chambre où Thomas attendait. Il ne la quitta pas des yeux pendant qu'elle s'insérait sous les couvertures. Il ne se posa aucune question, pas plus qu'elle. Pendant une heure, la solitude et la mort s'évanouirent. Mathilde s'étonna de voir à quel point c'était facile.

Mathilde hésita à entrer dans la cuisine. Elle le voyait, debout. Son dos recourbé sur le comptoir bas. Le bruit d'un sac de pain qu'on referme. Sa position ne changeait pas. Elle fonça. Dès que son index flatta l'épaule nue de Thomas, elle la sentit se contracter. Il se retourna. Il lui tendit une tasse.

— Tu as bien dormi ?

Elle hocha la tête en humant l'odeur du café. Elle avait plutôt bien dormi dans le lit de Thomas. Il bougeait beaucoup. Son sommeil agité et les spasmes musculaires qui l'assaillaient la calmaient, lui rappelaient qu'elle dormait avec quelqu'un.

— Et toi ?

— Oui, merci. Je me suis réveillé tôt.

Son pain grillé sauta. Il se resservit du café, ajouta du lait, du sucre. Le silence lourd.

— Je ne lui en parlerai pas, dit Mathilde entre les lèvres, un peu fautive. Ne t'inquiète pas, tu n'auras pas à te justifier auprès de Jeanne.

— C'est mieux, je pense.

— Le cacher, ce n'est pas mentir. Elle ne me posera pas de questions, elle ne doutera pas de nous.

Mathilde pinça un coin de sa lèvre. Elle n'arrivait pas à lire l'expression sur le visage de Thomas. Elle s'arrêta un moment, puis reprit :

— Elle réagirait trop mal. On peut l'épargner, non ?

— Oui, évidemment.

Il but une gorgée de café.

— Comment pourrait-elle l'apprendre ? continua Mathilde.

— Elle ne l'apprendra pas. Ne t'en fais pas. Viens déjeuner.

— Tu as raison. Elle ne le saura jamais.

Il mettait de la confiture sur son pain, s'appliquait à l'étendre dans chacun des coins. Sa nonchalance énervait Mathilde. Elle se sentait prise au dépourvu. Elle partait en vrille.

— Tu veux lui dire, être honnête, en paix avec toi-même. Et ensuite ? Tu as la conscience tranquille et c'est moi qui me retrouve dans la merde. Dis-lui, alors. Trouve la solution. Explique-lui sans la blesser.

Elle avait crispé les poings, une gouttelette de salive s'était envolée dans l'air. Elle regretta immédiatement ses paroles.

— Woh, relaxe. Je viens de te dire que je ne dirai rien. Je ne lui parle jamais, à Jeanne. Je ne l'appellerai certainement pas pour lui raconter.

Il retourna à sa rôtie.

— Je m'excuse. Je te laisse manger tranquille.

Elle s'allongea dans son lit. Jeanne lui manquait. Sur un oreiller, elle trouva, faufilé dans le tissage, un cheveu long brun. Un cheveu de Jeanne. Elle l'enroula sur l'index de sa main gauche.

L'odeur persistait malgré les lavages. Elle n'arrivait pas à se débarrasser de l'odeur de musc qui lui collait au corps, lui rappelant la nuit et leurs ventres l'un contre l'autre dans la sueur. Elle avait voulu être là. L'avait même provoqué. Avait pris la peine de s'hydrater la peau, de s'épiler. Puis, allongée là sur le divan comme à l'habitude, elle savait qu'il viendrait, que ce serait même facile d'en arriver au lit. Ça n'avait rien d'un accident.

Le savon disparut dans le trou de l'évier. Ses doigts gardaient toujours l'odeur. Dans la pharmacie, elle trouva un cure-ongles. Sans aucune délicatesse, elle délogea les impuretés, une pâte translucide. Des résidus de Thomas.

Chapitre 5

Mathilde portait une serviette autour du corps. Elle traversa le couloir sans faire de bruit, elle ne voulait pas réveiller Thomas. Dans la salle de bain, la baignoire sale semblait toujours bloquée. Mathilde fit couler un peu d'eau qui ne s'écoula pas. Elle se résigna à tout de même y prendre une douche. Dès qu'elle y posa le pied, le fond du bain s'enfonça dans un bruit de remous. Elle remarqua que la surface était anormalement bombée. Elle appuya à nouveau un orteil pour tester l'effet. Un mouvement ondulatoire en partance du centre remua toute la superficie. De l'eau devait s'être infiltrée entre l'ancien bain et le revêtement d'acrylique. Une eau stagnante, gluante, verdâtre. Elle s'imagina une poche de liquide marécageux où nageaient des têtards. Une eau comme celle qui avait emporté son frère un été où il avait joué trop près de la rivière. Elle aurait dû en prendre soin. Mieux évaluer le danger. Au lieu de cela, elle l'avait envoyé chercher le ballon qu'elle venait de perdre. Il s'avançait dans l'eau les bras au-dessus de la tête pour garder l'équilibre. Elle s'entendait encore, un ton autoritaire et catégorique. Sa voix, le dernier commandement : « Christophe, va le chercher. » Quand il était parti à la dérive, elle avait crié. Le reste était flou. On avait retrouvé Christophe sous le pont du village voisin, cinq kilomètres plus loin. Son petit frère, les boucles blondes, les doigts croisés autour d'un chapelet dans le cercueil. Durant les mois qui suivirent la mort, elle habita chez sa grand-mère. Dans une chambre à l'étage, au travers des bibelots, des boîtes, des jouets de ses oncles et tantes, dans un coin sous les amas de vieilleries, un petit lit d'enfant, un lit de poupées en contre-plaqué construit par son grand-père, un lit d'enfant de plastique, sans rêve et sans souvenir. Elle s'y retrouvait chaque soir, ne devenait rien d'autre que la fille sans son frère, que ses parents fatigués n'embrassaient pas, une enfant seule parmi les objets des autres, dépossédée d'elle-même. Elle priait un dieu qui ne l'écoutait pas, qui ne répondait jamais.

Les eaux boueuses et les herbes marines du long de la rivière, elle ne retournait jamais les voir.

Elle frissonna, mais posa le deuxième pied et ouvrit l'eau.

Chapitre 6

Mathilde naviguait sur internet à la recherche de vêtements. Elle avait déjà visité la plupart des sites qu'elle consultait habituellement sans rien trouver qui l'intéressa. Elle cliqua sur l'onglet des favoris. Le referma. Elle consulta ses courriels, alla voir si Jeanne était branchée, personne. Elle monta le son de la musique. Dans son porte-crayon, elle trouva un joint. Il devait traîner là depuis un bon moment pour qu'elle l'ait oublié. Elle l'alluma. Elle cherchait un cendrier dans la bibliothèque derrière quand elle tomba sur un bout de papier ; un nom d'utilisateur, un mot de passe. Elle se rappela du compte sur un site de clavardage. Elle posa le cendrier près de la souris pour y déposer le joint. Elle lança le site. Son compte était toujours actif.

Fri July 14 21 :44 :27 GMT-0400
Connected to somebody
Location : Turkey

Un groupe d'adolescent riait et criait. Mathilde passa au suivant. Un homme bedonnant se masturbait. Elle le regarda un instant, puis passa à nouveau au suivant. *Rape me* de Nirvana jouait fort. Elle reprit le joint, tira une bouffée, puis une autre. Une fille apparut.

Fri July 14 21 :45 :16 GMT-0400
Connected to somebody
Location : Germany
Languages : German, English, French

La fille commença.

— Hi.

— Hi. You speak french ?

— Oui, un peu.

— Mon anglais est plutôt mauvais.

— Oh. Oui, je parle le français, mais je pas beaucoup la chance de pratiquer. J'ai étudié à Nice.

— Et qu'est-ce que tu fais sur ce site ?

— Quand je dors pas, je ici. Et toi ?

— Je ne cherche rien de particulier. À vrai dire, je n'étais pas venue depuis des mois. J'errais dans internet.

— Tu veux me montrer quelque chose ? Your feet. I would like…

— Mes pieds, tu veux voir mes pieds ?

— Oui. Je voudrais. Toi connaître poème de Pablo Neruda about les pieds ?

— Non.

— Montre tes pieds. Ensuite, je te dis.

Mathilde se déchaussa, abaissa sa caméra vers ses pieds nus. Elle avait du vernis sur les ongles. La fille parut ravie.

Avant de déverrouiller la serrure du hangar, Mathilde regarda le ciel gris. Elle se dit qu'elle n'avait pas choisi la meilleure journée pour se remettre au vélo. Elle haussa les épaules et se pencha pour passer dans la porte de service. La pièce était sombre. Elle n'y trouva aucun interrupteur. Les fenêtres recouvertes de saletés ne laissaient passer qu'un mince filet de lumière. À travers un amoncellement de vélos, Mathilde aperçut le sien. Le guidon blanc, le cadre rouge et les quelques étiquettes apposées sur la barre horizontale. Elle ne l'avait pas utilisé de l'été même si juin avait été beau. La bicyclette n'avait pas trop souffert de son hiver passé dans le cabanon humide, pas plus de rouille que l'été précédent. Les pneus, mous, devraient être gonflés au garage du coin.

Elle se laissa porter par les courbes et les dénivelés des grandes artères, puis s'enfonça dans les petites rues pour fuir la circulation. Le vent s'engouffrait dans ses cheveux et faisait pleurer ses yeux. Les larmes lui embrouillaient la vue. Elle les essuyait du revers des manches de son chandail. Elle sentait son cœur battre. Elle respirait l'air froid par la bouche. Sa gorge brûlait. Elle continuait d'avancer, de pédaler le plus rapidement possible malgré les bourrasques qui s'intensifiaient. La pluie lui frappait le visage. Des gouttes étaient expulsées de ses lèvres à chaque expiration. Bientôt tous ses vêtements furent mouillés. Elle ne pensait pas à rebrousser chemin. Elle ne cherchait pas à se rapprocher de l'appartement. La roue arrière de sa bicyclette lui aspergeait une traînée d'eau jusqu'au milieu du dos. Elle souriait. Elle riait même. Elle se trouvait drôle de ne pas s'inquiéter de la pluie. Elle n'évitait aucune flaque au bord des trottoirs. Puis, tranquillement les nuages se poussèrent et le soleil revint presque. Les passants sortirent de leurs abris. Elle roulait en direction de la maison. Au coin de sa rue, elle remarqua des enfants. Ils portaient des bottes et des imperméables aux motifs de canard ou de grenouille. Elle leur envoya la main quand elle passa près d'eux. Ils jouaient avec des bâtons dans de petites mares formées par les nids de poules au bord de la chaussée.

Mathilde entra dans l'appartement. Elle se déchaussa, se déshabilla complètement et laissa choir ses vêtements en un tas mouillé. Elle pressa le bouton de l'ordinateur. L'appareil cracha un son aigu. Une lumière bleutée illumina la pièce. Elle se cala dans son siège. Une fenêtre apparue au milieu de l'écran. Ses doigts se resserrèrent sur ses cuisses froides. Elle actionna le mode vidéo et le visage de Jeanne sur fond de soleil la fit sourire. Jeanne commença à parler.

Mathilde, distraite, baissa les yeux vers l'intérieur de ses mains moites. Elle cherchait l'avenir dans les lignes étroites de ses paumes. Des crevasses peu profondes, peu assurées, à peine dessinées comme si on hésitait sur son destin. De l'ongle de son index, elle traça sa ligne de cœur. Elle voulait graver des lendemains sans solitude, s'assurer d'une présence jusqu'à gober l'autre pour qu'il ne la quitte jamais. Elle continuait d'ausculter les traits devenus rougeâtres, creusa jusqu'à ce qu'elle sente une fine couche d'épiderme s'ouvrir. Dans sa peau, une entaille de plus.

La chambre s'écroulait. Le monde aussi. Jeanne continuait de raconter les nuits qui ne venaient pas, les ballades en canot et les grizzlis.

Tout cela arrivait à Mathilde comme un bourdonnement prolongé et agaçant. La chatte s'était réfugiée sous le lit pour mourir, Mathilde aurait voulu faire de même. La conversation se termina sur des « je t'aime » polis. Mathilde ajouta à nouveau un « joyeux anniversaire » auquel Jeanne ne put s'empêcher de sourire.

Mathilde éteignit son ordinateur. Elle se dirigea vers la cuisine où elle trouva un message de Thomas. Il mangeait avec une amie. Elle s'approcha de la fenêtre. De là, Mathilde voyait des silhouettes dans l'appartement de Marion. Rien de très concluant, mais sa gorge se serra. Sans quitter du regard les ombres qui se découpaient sur les rideaux pâles de la cuisine, elle ferma les poings. La coupure brûlait encore un peu.

Elle traversa le boulevard sans regarder. Les voitures ralentissaient déjà au loin. Elle marchait les bras ballants, le regard planté dans le vide, dans les idées qui se bousculaient, s'évacuaient par leur absurdité ou se classaient selon leur degré de faisabilité. Elle se coucha sur un banc du parc en haut de la rue. Il était mouillé, elle était indifférente. Les feuilles se balançaient sous la violence du vent, se laissaient charrier, ne combattaient pas, mais elles tenaient là de leurs délicates tiges. Seules les plus faibles cédaient et virevoltaient jusqu'au sol. Ses efforts ne pouvaient pas être vains. Elle devait tenir bon.

Les bonbons tombèrent dans la boîte comme des confettis lourds. Ils recouvraient le glaçage du gâteau. Mathilde l'avait emballé dans de la pellicule plastique, déposé sur un carton rond, puis avait comblé les espaces vides de guimauves pour assurer une meilleure stabilité. Une semaine de transport l'abîmerait peut-être, surtout le crémage. Elle ne savait pas, ne s'en inquiétait pas trop. Elle avait écrit en glaçage rose « Je t'aime », qu'elle avait préféré à « Joyeux anniversaire ». Sur le pourtour, des motifs d'animaux. Un âne, une girafe, un chat et une grenouille qui prenaient plutôt des allures de monstres mythologiques. L'appareil photo sur un trépied au bout de la table, au centre, le gâteau avec une bougie et derrière, elle avec son chapeau conique, imitant une expression heureuse que l'on affiche les jours de fête. Mathilde colla la photographie imprimée en noir et blanc dans le couvercle. Jeanne serait ravie de la surprise. Elle referma la boîte, la cacheta, l'entoura d'un ruban épais, puis l'enveloppa dans une feuille de papier journal vierge. Jeanne Longpré, 464, 3rd avenue, Dawson City, Yukon,

Y0B 1G0. Elle enverrait le colis dès que le bureau de poste ouvrirait dans quelques heures. En attendant, elle le rangea sur la tablette supérieure du réfrigérateur. Elle attendit devant l'horloge. Le temps tellement lent que la trotteuse paraissait rouler à l'envers.

Une douleur aiguë. Elle se recroquevilla en serrant les mains autour de son corps. Elle inséra un doigt dans sa culotte humide. Du sang. Il faudrait recommencer, mieux calculer le cycle menstruel, l'ovulation, s'assurer de ne plus gaspiller d'énergie dans du sexe inutile.

Chapitre 7

Mathilde regardait son reflet dans le chrome de la bouilloire. Elle approchait son visage de la surface miroitante pour déformer ses traits. Ses yeux s'éloignaient pour laisser place à un nez grossi. Sa bouche aux commissures tombantes et son front pointu lui donnaient l'air d'une héroïne d'un film de Fritz Lang. Elle éloigna la bouilloire et versa de l'eau chaude dans la bassine emplie de sous-vêtements. Le savon moussait au contact de la dentelle de ses soutiens-gorge. Mathilde était assise sur le plancher de la cuisine, le bac entre les jambes. Elle l'enserrait avec ses mollets pour l'empêcher de bouger. Elle frottait la lingerie doucement pour ne pas l'abîmer, mais assez vigoureusement pour enlever toute saleté. Ses mains plongeaient dans l'eau et faisaient émerger un morceau au hasard. Une culotte pêche à peine tâchée de sang. Elle la tourna entre ses doigts pour mieux voir la souillure. Elle saisit le savon et nettoya la trace.

Elle ouvrit le robinet de la douche et se plaça debout au-dessous du jet, les épaules voûtées. Ses cheveux se collèrent à son visage, à son cou et à ses clavicules saillantes. Sur une des tuiles de céramique qui bordaient le bain, elle aperçut une araignée. Mathilde la regarda se déplacer de carreaux blancs en carreaux noirs. Ses longues pattes s'accrochaient à la paroi glissante. Sa grand-mère disait qu'il fallait les laisser tranquilles. Elles mangeaient les autres insectes. Les coccinelles aussi étaient de cette catégorie à ne pas tuer. Mathilde prenait les conseils de sa grand-mère au pied de la lettre. Un été, une dizaine de coccinelles flânaient autour de la fenêtre de sa chambre d'enfant. Mathilde ne les touchait pas, attendait la chance. À l'automne les coquilles empoussiérées furent balayées dans la poubelle par sa mère.

Une gouttelette d'eau engloutirait facilement l'araignée et suffirait à lui faire perdre contact avec la surface du mur. L'araignée glisserait dans le fond de la cuve où de plus en plus d'eau s'accumulait. Le drain obstrué. Mathilde s'accroupit. Son dos angulaire recevait les gouttes. Ses pieds étaient entièrement recouverts, ses chevilles à demi. Elle enfonça l'index et le pouce dans le conduit et ferma les yeux. Elle dégagea une masse visqueuse. Un mélange de savon et de cheveux qu'elle lança dans la poubelle. Un tourbillon se forma au-dessus de l'embouchure de la baignoire. L'eau s'écoula pendant un court instant, puis cessa. Mathilde se lava rapidement. Elle passa une serviette autour de son corps, arrosa le carrelage juste au-dessus de l'araignée et la regarda choir dans l'eau usée.

Elle l'entendit entrer dans le bloc appartement. Elle s'allongea sur le sol, près de la table basse du salon. Elle avait dispersé les mouchoirs sales autour de sa tête et avait placé la boîte au motif floral sur son abdomen. La clé s'engouffra dans la serrure. Elle retint son souffle. Allongée là, elle remarquait que les craques du plancher regorgeaient de saletés. Il s'avança dans le couloir, la vit. Elle avait les yeux vitreux, les joues empourprées. Son maquillage avait coulé sous ses paupières inférieures. Elle paraissait cernée. Il ne le remarqua pas tout de suite. Elle renifla. C'est à ce moment qu'il s'approcha d'elle. Quand leurs regards se croisèrent, elle s'assit en tailleur et se mit à sangloter le visage baissé. Ses cheveux tombaient et couvraient son visage. Elle pleurait. Il s'agenouilla, passa son bras autour de ses épaules.

— Qu'est-ce qu'il y a, Mathilde ?

Elle ne parla pas, préféra garder un peu de mystère le temps de trouver l'émotion juste. Elle ferma à nouveau les paupières, ne voulait pas surjouer. Un filet épais s'écoulait de son nez à sa bouche. Elle sortit la langue pour l'attraper. Puis se moucha et dit :

— Jeanne. Elle ne m'aime plus. Elle me l'a dit.

Thomas arrondit les yeux. Mathilde posa la tête sur les jambes de Thomas près de son sexe. Elle approcha les genoux du menton de façon à refermer son corps sur lui-même. Il lui flatta le dos, longuement, ne chercha pas à comprendre les détails. Il ne la quitta pas de la nuit, sans même qu'elle ait à le lui demander.

Chapitre 8

Mathilde brancha l'appareil dans la prise à droite du réfrigérateur. Le vrombissement du moteur interrompit le silence. Les cheveux s'amassaient sur les lames du rasoir jusqu'à ce qu'elle le secoue au-dessus de la masse poilue déjà au sol. Elle uniformisa la coupe défraîchie à la demande de Thomas, enleva près de trois centimètres près du front. On voyait mieux ses yeux noisette tachetés de jaune. De la pointe des ciseaux, elle tailla le tour d'oreille. Quand tout fut terminé, elle caressa la chevelure drue du crâne de Thomas. Les deux restèrent immobiles dans cette minute. Les doigts de Mathilde coulèrent vers le cou puis le torse à peine velu. Ses mains brûlaient sur cette peau. Elle aurait voulu y trouver autre chose. Elle y cherchait une preuve tangible qu'elle œuvrait vers son but, qu'elle ne trahissait pas Jeanne en vain. Il replaça la chaise et avant de quitter la pièce, il la remercia sans même remarquer les restants de cheveux sur le sol. Elle les balaya, puis en les jetant dans la poubelle elle pensa qu'elle aurait dû les garder pour un rituel magique.

Elle marcha jusqu'à sa chambre, où elle se coucha. Thomas apparut dans le cadre de la porte. Il s'avança et prit place sur le matelas.

— Tu verras, ça passe le chagrin d'amour.

Elle regardait ses ongles. Elle ne les rongeait plus depuis longtemps. Elle hocha la tête.

— Tu vas chez tes parents ce soir ?

Elle hocha à nouveau. Elle gardait les paupières à demi closes.

— Bon, je te laisse. Repose-toi un peu.

Il quitta la pièce et ferma la porte derrière lui. Elle faillit dire : « laisse-la ouverte pour le chat », mais se ravisa. Ses mâchoires se resserrèrent. Ses dents coinçaient la peau de l'intérieur de ses joues. Elle contracta davantage. Un mince filet de sang chaud coula sur sa langue. Elle l'avala.

Sa mère dormait depuis un moment déjà. Elle ne voulut pas la réveiller. Elle souleva les couvertures et s'y glissa. Aussitôt, elle s'adoucit. La respiration continue de sa mère la sécurisa. Elle s'en approcha jusqu'à sentir son épiderme conte le sien. La télévision jouait encore à l'étage. Elle s'endormit, bercée par le bruit sourd des dialogues qui montaient l'escalier et se faufilaient sous la porte. Son père arriva dans la chambre plus tard. Il la souleva dans ses bras et la coucha dans son lit de princesse. Il espéra qu'elle ne se réveillât pas. Avant de sortir, il alluma la veilleuse.

Mathilde fouillait dans un coffre chez sa grand-mère. Il ne restait presque plus rien. Quelques babioles dont personne ne savait que faire. Une odeur de naphtaline se répandait dans l'air. La vente de la maison n'allait pas bien. Les clients ne se présentaient pas. L'agent demandait à la famille de vider les lieux des anciennes affaires. Mathilde aurait aimé tout conserver, acheter la demeure et y vivre comme sa grand-mère l'avait fait. Des enfants dans les tiroirs, un chien couché sous la table, un camion stationné dans l'entrée. Elle se lèverait tôt pour préparer les crêpes aux bleuets, guetterait l'autobus scolaire le visage collé à la fenêtre. Elle n'aurait jamais peur la nuit.

Elle sortit un pyjama de bébé, caressa le tissu souple au motif de pois. Elle le mit de côté pour l'apporter chez elle. Elle referma le coffre. Une dizaine de cartons demeurait au fond de la pièce, on en disposerait bientôt. Elle ferma derrière elle, glissa la clé sous l'ange en pierre près de la porte. Ses nouveaux effets pendaient dans un sac de plastique au bout de son bras. Elle traversa le champ jusqu'à la maison de ses parents. Le foin montait haut, attendant d'être coupé, séché, pressé et rangé pour l'hiver. Mathilde aimait regarder les hommes travailler sur les tracteurs. Cela semblait si facile.

Le drapeau sur la boîte aux lettres était levé, elle y plongea la main. Trois lettres. Son père buvait un thé sur le balcon avant. Elle s'approcha, lui tendit les enveloppes. Il les classa.

— Des factures, comme d'habitude.

Elle s'accota sur la balustrade en biais de lui.

— Tu as trouvé de belles choses chez ta grand-mère ?

— Oui, mais il ne reste presque plus rien.

— J'y suis allé hier. La maison se vide. Il faut.

Elle baissa la tête vers son sac.

— Tu restes souper avec nous ?

— Non, j'ai des trucs de prévus ce soir. Une prochaine fois.

Elle tira la moustiquaire, entra dans la maison. Son père se reversa une tasse, garda les yeux sur la route déserte.

Plus tard, elle monta dans la voiture que son père avait pris la peine de laver.

Agenouillée dans son placard, Mathilde tira une boîte qu'elle tenait cachée derrière un sac de voyage. Elle y rangea les affaires de bébé qu'elle avait trouvées plus tôt dans la journée. Depuis quelques semaines, elle avait amassé une collection de vêtements de différentes tailles, de jouets et de literies. Un canard en plastique pour le bain. Des livres sur la maternité, une pile d'images d'échographies découpées à gauche et à droite retenue par un trombone, des guides alimentaires, un bonnet blanc de coton avec une broderie bleue sur le devant et une bouteille de savon qu'elle approcha de son nez : amandes, poudre et miel. Au-dessus d'elle pendaient ses vêtements. Sur les tablettes du haut de la garde-robe se trouvaient des souliers, des livres et le matériel de camping que Jeanne n'avait pas apporté. Tout au fond, un miroir dans lequel elle se voyait renifler les odeurs de savon liquide. Ses yeux brillaient sous son air de fillette naïve. Elle referma la bouteille et s'allongea là.

La poudre volatile se déposait sur son nez. Elle ajouta une légère couche de baume coloré sur ses lèvres : prune. Elle n'avait choisi que du noir pour ses vêtements. Un pantalon, une chemise transparente et une cape longue. Un bijou au centre tombait parfaitement sur le col mao. Des bottes, hautes, pointues, au look cowboy, avec une pointe métallique, une sangle de cuir s'attachait sur le côté extérieur. Ses cheveux sans artifice glissaient sur ses épaules. Elle détacha une mousse de son pantalon.

— Bon, tu es prête ? lança Thomas de l'autre bout de l'appartement. Sinon, je pars sans toi. Et tu marcheras jusqu'au musée.

— Oui, oui, j'arrive. Je suis presque prête. De toute façon, c'est moi qui conduis.

Elle saisit son sac, fouilla le fond en s'avançant vers la porte. Il attendait déjà, clé en main.

— Tiens. Elles étaient dans la bibliothèque du salon.

— Merci, fit-elle souriante. J'ai oublié le nom de ton amie, celle qui a fait le design de l'expo. Elle sera là ?

— Laura. J'espère bien qu'elle sera présente. Je ne l'ai pas revue depuis la fin du bac.

— Est-ce que je suis trop maquillée ?

— Non. Tu es magnifique. Jeanne serait folle de te voir comme ça.

— J'aime mieux ne pas y penser.

En vérité, Mathilde avait plutôt peur de s'embrouiller dans ses mensonges. Elle savait qu'elle n'avait plus beaucoup de temps pour régler l'affaire.

Quelques personnes se massaient autour des haoris, la plupart semblaient s'intéresser davantage au vin qu'aux pièces présentées. Plus loin, des groupes rigolaient. Le fond de la salle était occupé par des mannequins habillés de costumes de théâtre. Au mur, des masques Kabuki et Nô s'alignaient. Mathilde avançait au travers des artefacts, prenait un certain temps pour lire les descriptifs. Thomas était déjà loin devant. Dans le Kabuki, on donnait les rôles féminins aux jeunes hommes. Les femmes n'avaient pas le droit de jouer au théâtre. Les costumes devenaient alors nécessaires pour différencier les personnages masculins des personnages féminins. Mathilde poursuivit, s'arrêta devant une vidéo. Le carton indiquait : *Yûkoku, Masaki Dômot, Yukio Mishima (1966).* Un Japonais, les jambes croisées sous le corps, se tailladait le ventre. À gauche, un panneau expliquait : *Le seppuku est un rituel de suicide exercé par les samouraïs. La forme traditionnelle consiste en une ouverture transversale, sous le nombril, pour permettre l'écoulement des organes vitaux. Dans la tradition japonaise, le ventre est le siège de la personnalité et de la volonté, le lieu où s'expriment les sentiments. Le seppuku était utilisé en dernier recours, lorsqu'un guerrier jugeait qu'il devait démontrer son honneur, sa loyauté et sa sincérité. C'était aussi une façon de se repentir d'un péché impardonnable, commis volontairement ou par accident. Le seppuku est connu sous le nom de hara-kiri.*

Mathilde, subjuguée, appelait Thomas par de petits signes. Il ne s'approchait pas, donnait toute son attention à une encre sur papier. Elle resta là à fixer la pièce vidéo qui jouait en boucle. Du coin de l'œil, Mathilde aperçut Laura. Elle s'approchait.

— Bonjour Mathilde, tu te souviens de moi ?

— Laura. C'est bien ça ?

— Oui.

Elles s'embrassèrent. Lorsque leurs joues se touchèrent, Mathilde remarqua le parfum de petites fleurs de Laura.

— Tu vas bien ? Tu aimes l'expo ?

— Oui. J'aime beaucoup cette pièce.

— Je l'adore. Les conservateurs ont hésité longtemps à la mettre. Il y a plusieurs scènes de seppuku dans le cinéma japonais. Ce n'était pas facile de choisir, mais la fascination de Mishima pour cet acte et son histoire tragique les ont fait pencher vers cet extrait.

Thomas posa sa main sur l'épaule de Laura, elle s'interrompit aussitôt.

— Hé, salut toi.

Laura lui sauta au cou.

— Bravo. Du beau travail. Tout est tellement *sharp*.

— Merci, je suis contente du résultat final.

Mathilde regardait encore la vidéo, le tissu enroulé sur la lame pour permettre une meilleure préhension. Laura parlait. Sa voix parvenait par vagues aux oreilles de Mathilde. La voix, la lame, l'odeur des fleurs, la voix, la lame, l'odeur des fleurs.

— Tu travailles encore sur tes projets musicaux ?

— Oui, à temps partiel. J'ai une job alimentaire, il faut bien vivre. On n'a pas tous ta chance.

— Depuis un bout, les contrats ne lâchent pas. Je pars à la fin du mois pour travailler au design d'un symposium. Tu pourrais venir me visiter.

— Bonne idée. On pourrait partir avec la voiture de Mathilde et aller te voir quelques jours.

Mathilde n'écoutait pas. La secousse du corps captait son attention.

— Super, alors je vous réserve une place dans la maison qu'on me loue. Vous venez prendre un verre ? dit-elle en pointant le bar.

Le Japonais perforait pour la énième fois la chair de son ventre. Mathilde se retourna, Thomas et Laura n'étaient plus là.

Les images vues au musée ne la quittaient plus. Elle avait abandonné son chandail, parcourait son abdomen, questionnait les masses sous la paroi de chair. Où percer ? Où ouvrir une brèche ?

Mathilde eut envie de parler à Jeanne. Elle n'était pas en ligne. Il y avait ce numéro au musée, un numéro d'urgence qu'elle n'avait pas encore utilisé. Elle composa les chiffres sur le clavier du téléphone. Première sonnerie, deuxième sonnerie, troisième sonnerie. On répondit :

— Hello, Dawson city museum. Tara speaking, may I help you ?

Mathilde, surprise par son interlocutrice anglophone lança :

— Jeanne, s'il vous plaît. Please. Can I talk to Jeanne ?

— One second, please.

Mathilde se trouvait ridicule d'appeler Jeanne sur son lieu de travail. Elle hésita à raccrocher, puis elle entendit Jeanne à l'autre bout du fil.

— Allo ?

— Salut Jeanne, c'est moi.

— Mathilde ? Ça va ?

Mathilde sentait l'inquiétude dans la voix de sa compagne.

— Oui, je voulais simplement te parler.

— Je n'ai pas beaucoup le temps, tu comprends. Je suis avec un groupe. Tara m'a dit que c'était une francophone, j'ai pensé à des mauvaises nouvelles, évidemment. Est-ce que c'est important ?

— Non… Rappelle-moi quand tu auras fini, d'accord.

— Je vais t'appeler ce soir. Allez, je t'aime.

— Je t'aime.

Elle reposa le combiné. Son bas-ventre tintait comme une alarme. Elle retint son souffle sept seconde, appuya près de son nombril.

Par la fenêtre de la porte du vestiaire, elle voyait le carrelage bleu, les bouées sur l'eau ondulante, les enfants et leurs casques de bain. Mathilde n'y connaissait presque rien, n'avait pas mis les pieds dans une piscine publique depuis l'école secondaire. Tous les cours de natation obligatoires qu'elle tâchait de rater en prétextant des malaises lui revinrent en mémoire. Elle parcourrait les écriteaux de consignes. Elle se tourna vers Marion qui lui fit signe d'avancer.

— Je n'arrive pas à croire que tu m'aies traînée jusqu'ici.

— Allez, ça va te faire du bien. Tu peux rester dans la partie peu profonde. J'irai faire des longueurs plus tard quand tu te sentiras à l'aise d'être seule.

Mathilde posa la plante du pied sur le barreau de l'échelle. Elle descendit vite, gênée par son vieux costume de bain. Près de l'eau, l'air sentait encore plus le chlore. Elle détestait cette odeur.

— Tu vois, c'est bien. Maintenant. On va se réchauffer. Je vais te montrer des exercices pour les abdominaux.

Marion s'exécuta. Mathilde suivait à la lettre ses mouvements amples, elle n'avait pas son assurance et sa grâce, mais se défendait plutôt bien pour une baigneuse de si peu d'expérience.

Marion pratiquait sa brasse dans un des corridors. Elle nageait à un tel rythme. Mathilde l'admirait, les oreilles submergées pour entendre les cris feutrés des enfants. Elle se concentrait sur ses pulsations cardiaques, tentait de les abaisser. Ses membres lui paraissaient lointains, longs. Sur le tremplin, un enfant de sept ou huit ans attendait que l'espace sous lui se dégage. De son maillot rouge sortaient deux jambes maigres et des genoux osseux. Son pince-nez et ses lunettes empêchaient de saisir la teneur de ses traits. Ses cheveux courts et blonds se hérissèrent quand il secoua la tête. Il renifla, se gratta le ventre, impatient. Il s'approcha davantage du bord. La voie libre, il sauta. Son petit corps provoqua tout de même des éclaboussures. Une vague lente s'avança, atteignit Mathilde au menton. Elle oscilla comme un bouchon sur la mer. Une mince perturbation dans le calme. L'enfant monta à nouveau sur le promontoire. Il recommença jusqu'à ce que ses parents le somment de sortir, créant, à chaque fois, une nouvelle onde qui venait frapper Mathilde.

Entre les casiers gris, une dizaine de femmes s'habillaient. Elles avaient en commun une aisance qu'on n'oserait décrire comme de l'impudeur. Mathilde, du coin de l'œil, les observait. Certaines femmes se douchaient nues. Elle aimait voir leurs habitudes, leurs corps, leurs plis et leurs poils.

— Je peux emprunter ta brosse ? demanda Marion.

Mathilde la lui tendit. Elle séchait ses cheveux à l'aide d'une serviette, ne portait qu'une culotte et un soutien-gorge. Elle remarqua les yeux de Marion se poser sur le haut de sa cuisse.

— Hé, je n'avais pas remarqué que tu étais tatouée.

— Personne ne le remarque. C'est vieux. Ça date de mes débuts avec Jeanne. Elle en a un sur le côté du sein droit.

— Vous avez le même ?

— Non, pas exactement, mais ils se ressemblent. Le sien est en couleur.

Mathilde saisit son jeans délavé et l'enfila. Marion poursuivit.

— Tu es chanceuse d'avoir trouvé l'amour.

— Eh bien… oui. Oui. Je…

Mathilde ne termina pas sa phrase. Elle tourna le dos à Marion pour ranger ses affaires dans son sac. Des fillettes tentaient de se défaire de leurs maillots de bain. Elles se contorsionnaient. Marion poursuivait.

— Thomas et moi, ça stagne un peu. Je t'en ai parlé. Il vient encore chez moi. On baise, mais rien de plus.

Mathilde ne voulait pas lui briser le cœur, mais Marion commençait à l'énerver avec cette histoire.

— Laisse-le tomber.

— Tu crois que je devrais ?

— Écoute, ce ne sera jamais sérieux avec lui.

— Je ne sais pas quoi dire. Je croyais…

— Non. Je te le dis.

Elles ramassaient leurs derniers effets tandis qu'un groupe de mères entraient dans le vestiaire pour le cours d'aquaforme. Mathilde croisa le regard d'un petit. Sa mère le posa sur un banc. Une dizaine de bébés attendaient les yeux grands ouverts que leurs mères terminent de se préparer pour la baignade. Elles allaient et venaient entre les cabines, les douches et les casiers. Ils avaient l'air sans défense. Mathilde aurait pu en prendre un.

De sa chambre, Mathilde pouvait entendre la musique qui provenait de l'ordinateur de Thomas. Elle étira la tête dans le couloir. De la lumière passait sous la porte. Mathilde enfila une robe noire, la plus ajustée de sa garde-robe, des sous-vêtements en dentelles. Elle dessina ses yeux au crayon, épaissit ses cils de mascara et poudra ses joues d'un pigment abricot. Derrière ses oreilles, un soupçon de parfum. Dans le réfrigérateur, une caisse de bières. Elle en prit deux.

Elle ajusta une dernière fois sa tresse devant le miroir du couloir. Le fard à joues lui parut de trop. Elle l'essuya.

Elle cogna à la porte, puis ouvrit sans attendre de réponse de la part de Thomas. Elle sourit puis hésita.

— Je te dérange ? demanda-t-elle.

Il fit signe que non, baissa le son de l'amplificateur et l'invita à s'asseoir sur le lit. L'air chaud et collant ornait de sueur le nez de Mathilde. Elle s'essuya sans qu'il ne le remarque. Elle décapsula les bières.

— On trinque à l'été qui passe doucement. Il fait encore chaud, mais on est quand même mieux qu'il y a deux semaines.

Les bouteilles claquèrent. La gorgée de bière la rafraîchit.

— Qu'est-ce que tu écoutais ?

— Un documentaire sur les « Dirty Girls ». Des postgrunges, disons. Tu aurais sûrement été une *dirty girl* si tu n'avais pas grandi dans le fond d'un rang.

— Je ne pense pas. J'étais plutôt du genre *The craft*.

— Sorcière, ça ne m'étonne pas.

— Mais j'étais trop peureuse. Je me la jouais, mais jamais je n'aurais été capable de faire quoi que ce soit. J'avais des techniques pour me sauver des partys avant que la planche de Ouija arrive.

Rapidement, leurs corps s'approchèrent comme s'ils étaient dotés d'une conscience propre. Mathilde riait. Thomas, aussi. De la fenêtre de la chambre, ils apercevaient la rue. Mathilde se leva pour y jeter un coup d'œil. Les lampadaires éclairaient les voitures stationnées en parallèle et les poubelles qui seraient ramassées le lendemain matin. Elle aperçut un chat qui rôdait. Elle avait trouvé le sien en campagne un soir où elle sortait en vélo. Il se tenait sur le balcon de la maison de ses parents. Il était arrivé à un moment opportun. Sa présence comme un cadeau de la providence.

— Regarde, il y a un chat dans la rue. On devrait le prendre. Il a l'air petit.

— Je ne crois pas que ce soit un chat errant. Il doit vivre chez un de nos voisins. On ne veut pas kidnapper de chats, dit-il tout sourire.

— Depuis quand te soucies-tu des voisins et de leurs animaux ?

— J'ai toujours eu une très bonne relation avec les gens de la rue.

— Avec Marion, tu veux dire.

Elle n'aurait pas dû l'engager sur cette question. Elle ne voulait rien apprendre de leur histoire. Elle ne quitta pas la bête des yeux tandis que Thomas s'avança vers elle en lui saisissant la taille.

— Tu es jalouse ?

Mathilde ne dit rien. Elle était mieux de jouer le jeu. Ils s'embrassèrent. Mathilde s'allongea. Thomas la surplombait. Elle passa les bras autour de son cou et l'attira vers sa bouche. Leurs langues se frôlaient, leurs lèvres se suçaient, elle le mordillait.

Mathilde défit la boucle de la ceinture de Thomas, abaissa la fermeture éclair, lui laissa faire le reste. Elle glissa ses mains sur ses cuisses pour relever sa robe jusqu'à son bassin. Malgré la chaleur, elle se faufila sous l'édredon et lança sa culotte en dehors du lit. Les draps froids contrastaient contre sa peau chaude. Thomas se déshabilla, la suivit sous les couvertures. L'exploration fut brève. Mathilde s'en réjouit. Thomas la recouvrait. Son poids l'écrasait. Elle laissait échapper de petits sons aigus sans convictions à chaque coup de bassin. Cachée dans le creux de son cou, elle s'attachait aux rougeurs sur ses épaules musclées, aux points noirs, aux taches de rousseur, n'y renonçait pas, ignorait le gros organe qui battait la mesure dans son ventre, s'accrochait à la surface, aux imperfections qu'elle dénichait entre les plages lisses d'épiderme. Elle gémissait pour l'encourager dans l'espoir qu'il finisse plus rapidement. Elle souhaitait qu'il ne se retienne pas, croisait les doigts pour que cela s'arrête, qu'il vienne en elle. Quand il éjacula, elle vit les poils de sa peau s'hérisser, les sentit. Il s'affaissa à côté d'elle et passa un bras autour de ses hanches. C'était fait. Elle fixait ses bras, ses veines bleutées sous la couche diaphane. Elle aurait pu les tracer au stylo.

— Tu veux écouter un truc en particulier ?

Elle fit signe que non. Les premières notes de *Lust for life* jouèrent. Elle les reconnut. Il lui tendit le cendrier. Elle le laissa sur le lit.

— Je regardais mes veines.

— Est-ce qu'il te reste des cigarettes ?

— Non, dit-elle sans vraiment lui porter attention. Tu imagines ouvrir un corps au complet et le regarder. J'aimerais bien voir mes poumons, mon cœur, mes artères. On ne se connaît jamais de l'intérieur. Ça me rappelle les cours de bio à l'école. Avais-tu fait des dissections ?

— Euh… oui. L'œil de bœuf, le classique.

Il cherchait sur son bureau de travail, ouvrit le premier tiroir de sa commode.

— Je me souviens. J'avais bien aimé, se rappela-t-elle.

Elle avait voulu garder le cristallin pour s'en faire un pendentif. La forme et la texture étaient fantastiques. À peine transparent, un peu laiteux comme une opale. Le formol l'avait durci. L'année suivante, elle avait choisi l'option biologie. On lui avait vanté la dissection d'un requin au programme.

Il continuait de chercher.

— Mon tiroir est tellement en désordre, je ne trouve rien.

Soudain, il leva un condom entre son pouce et son index.

— Je n'ai pas mis de condom, merde. Je pensais que je n'en avais pas.

— Ne t'inquiète pas, je viens d'avoir mes règles.

Le regard tourné vers le plafond, elle ne souriait pas. Lasse du jeu ridicule qu'elle s'imposait, elle eut envie de quitter le lit et la chambre, mais elle resta là. Elle voulait des résultats, ne durerait pas bien longtemps à mentir et à dissimuler. Une violence montait, une urgence, une colère.

Chapitre 9

Marion se tenait derrière le comptoir de bois dans la cuisine. Elle déposa son couteau pour mettre les quartiers de citron dans un récipient de verre. Elle y versa le thé refroidi et déjà sucré. Elle plaça la boisson dans le réfrigérateur sur la première tablette. Un chou rouge séchait au fond. Assise à la table, Mathilde se coupait les ongles. Très court.

— Merci. Je rate toujours le thé glacé. Je pense que je l'infuse trop. Il devient amer et même si j'ajoute du sucre, rien n'y change.

Elle s'arrêta là. Puis souffla :

— Tu es gentille de me tenir compagnie.

Elle était presque sincère. Elle inspectait ses cuticules. À l'aide de ciseaux pointus, elle les taillait pour découvrir ses lunules bleutées. Elle avait lu sur un site internet que certaines maladies des ongles pouvaient en entraîner la perte. Marion la rejoignit, desserra le bouchon du pot de vernis grenat et en appliqua une légère couche sur son index. Mathilde avait choisi le vert chasseur.

— Tu voudrais bien faire ma main gauche quand j'aurai terminé celle-ci ? demanda Marion.

Mathilde sourit en signe d'approbation. Sans lever les yeux, elle se dirigea vers l'évier pour ouvrir la seule fenêtre de la pièce. La fumée de cigarette accumulée au plafond sortit. D'un mouvement peu assuré, Mathilde étira le bras au-dessus du réfrigérateur pour atteindre la radio, la brancha dans la prise du grille-pain. Elle reconnut un air qu'elle avait l'habitude d'écouter en voiture avec sa tante. Une chanteuse mexicaine. Elle tourna le bouton du volume. En s'asseyant, elle aperçut qu'un éclat de vernis s'était détaché de l'ongle de son auriculaire. Malgré sa bonne volonté, elle n'arrivait pas à être impeccable.

— J'ai parlé avec Jeanne avant-hier, lança Marion. Elle m'a appelée. Je ne l'ai pas reconnue tout de suite.

Mathilde n'avait pas eu de nouvelles depuis cinq jours. Sa poitrine se serra. Elle tenta d'esquisser un sourire pour ne pas laisser paraître son malaise. Marion ne la regardait pas, occupée à terminer sa manucure. Elle se limait vigoureusement un ongle.

— Je l'ai trouvée moins mordante qu'à l'habitude. Je pense qu'elle s'ennuie.

Marion prononça cette dernière phrase en posant sa main sur celle de Mathilde qui la retira aussitôt. Elle s'empressa d'allumer une cigarette, tira une bouffée qu'elle recracha comme un venin.

— Et pourquoi voulait-elle te parler ?

— Pour rien de particulier.

— Elle t'a parlé de nous ?

— Un peu. Tu la connais. Je pense qu'elle a hâte de revenir, mais elle ne l'avouera pas.

Mathilde ne voulait pas entendre ça. Elle passait un été de chagrin. Seule. Elle en avait mal jusque dans les veines. Derrière l'expression attendrie de Marion se cachait un sourire. Mathilde le voyait. Elle pensait qu'il valait mieux garder ses ennemies proches, mais Marion lui donnait toujours le coup fatal, avait un plaisir fou à la faire souffrir, à lui rappeler son état de solitude. Elle se déballait intérieurement le récit merdique de la dernière saison. Comme si elle voulait se convaincre de sa peine.

Peut-être que Marion savait, peut-être que Thomas lui avait parlé.

— As-tu vu Thomas dernièrement ? demanda Mathilde.

— Non, pas dans les derniers jours. Pourquoi ?

— Non rien. Je me demandais, c'est tout.

— Je voudrais bien le voir, mais je joue la distance. Ça fonctionne toujours avec les mecs. Il va m'appeler bientôt. Tu verras.

Tandis qu'elle parlait, Mathilde pensait qu'elle ne laisserait personne se mettre en travers de son chemin. Elle s'imaginait saisir la tignasse de Marion et lui frapper la tête contre la table pleine de mouchoirs sales juste pour se défaire d'un peu de frustration. Quelques gouttes de sang couleraient de sa lèvre, se mêleraient au rouge de son vernis, le transformeraient en rouge cardinal ou rouge carmin ou une teinte dont Mathilde ne connaissait pas le nom. Marion, toujours là, soufflait sur ses doigts longs et fins, tellement féminins. Ses jointures délicates au contraire de celles de Mathilde. Thomas n'avait rien dit. Il ne bousillerait sûrement pas ses chances de coucher avec elle.

— Eh bien, si tu le vois, pourrais-tu ne pas lui parler de ta discussion avec Jeanne ? Il n'est pas enchanté de son retour. Il lui en veut d'être partie juste après le décès de ma grand-mère. Comprends-tu ?

Marion acquiesça, elle n'en parlerait pas. Mathilde saisit le flacon de vernis et recommença son auriculaire droit écaillé. Un sourire tenta de poindre sur ses lèvres. Elle le retint.

Mathilde amassa les quelques retailles de papier d'emballage. Elle les jeta à la poubelle sans penser au recyclage. Sa main droite saisit le balai tandis que la gauche rangeait les ciseaux. Avec de vieux magazines et un livre d'ornithologie trouvé chez sa grand-mère, elle avait fabriqué des collages d'oiseaux toute la nuit. Pour certains, elle avait déjà trouvé des encadrements, les autres reposaient dans un cartable. Elle en préférait un en particulier. Il mettait en scène un oriole sur une branche. On pouvait deviner qu'il s'agissait d'une branche de chêne en se fiant aux feuilles. Elle en avait copié la forme à l'aide d'un dictionnaire illustré. La section sur les arbres regorgeait d'informations qu'elle jugeait intéressantes. Pendant de longues minutes, son esprit avait vogué dans les pages illustrées du livre. Elle apprenait des mots spécifiques, tâchait de les emmagasiner pour d'éventuelle discussion, pour gagner au scrabble contre Thomas.

Elle superposa les cadres, puis ramassa la pile de collages qu'elle rangea dans la garde-robe. Le placard débordait chaque jour un peu plus. Les tablettes de souliers se transformaient en section décoration. L'endroit avait l'air d'un sanctuaire dédié à la maternité. Elle construisait ce refuge sans même y penser. Avec une sorte d'instinct de survie, elle stockait des affaires de bébé.

Quand personne ne meurt, les choses vont bien. Elle écrivit cette phrase sur un bout de papier qu'elle plaça dans une enveloppe. Elle tentait de garder la tête hors de l'eau, de compenser l'anxiété en trouvant des solutions simples : la cuisine, les collections, l'entretien ménager, les balades à vélo. Elle se serait mise au yoga si l'idée de partager du temps avec des inconnus ne l'angoissait pas autant. Dernièrement, l'écriture l'occupait. Rien de bien concret, des notes qu'elle avait envie de poster à l'univers dans l'espoir que la vie s'arrange. Un truc de sa tante qu'elle avait sûrement lu dans un magazine psycho-pop. Mathilde en était consciente, mais ne savait plus où mettre ses énergies. Elle attendait impatiemment le vingt-huitième jour de son cycle menstruel. S'il s'avérait qu'elle ne fut pas enceinte, elle se réajusterait, mais pour l'instant elle tentait de ne pas s'en inquiéter. Elle rêvait du ventre plein, l'imaginait jusqu'à ne plus savoir s'il viendrait bientôt ou jamais, jusqu'à confondre les gargouillis des ses intestins avec des grouillements de fœtus.

Thomas apparut quand Mathilde ferma la garde-robe.

— Ça sent bon.

Il cherchait à combler le vide, savait qu'il ne pouvait pas seulement entrer sans échanger quelques mots. Elle le regarda.

— J'ai fait une tarte aux pommes. Elle refroidit sur le four. Tu en prends si tu veux.

— Merci. J'ai justement faim.

— Je pense qu'elle est bonne. Je n'y ai pas goûté encore.

— Je vais commencer à imaginer que tu veux me faire engraisser. Tu cuisines et tu n'en manges presque jamais. Je suis toujours celui qui termine tes gâteaux.

— J'aime les faire, pas les manger. Ça tue le temps.

Elle n'en dit pas plus. Elle s'avança dans la cuisine avec lui.

— Alors, peut-être que tu devrais sortir plus. Je ne veux pas t'empêcher de cuisiner, mais tu as vraiment l'air de t'ennuyer.

— Mais non, je suis casanière. Je l'ai toujours été. À l'automne, ce sera plus facile, avec l'école.

— Si tu le dis. Mais tu ne sors jamais si je ne te traîne pas avec moi.

— Ce n'est pas vrai, je mange avec Marion parfois. Même si…

Elle ravala la phrase qu'elle faillit ajouter, une phrase méchante, sans importance, qui condamnait encore Marion. Thomas s'approcha de la tarte, couteau en main. Du sirop coula sur la plaque de verre. De l'angle de vue de Mathilde, la croûte paraissait parfaite, juste assez croustillante. Les pommes caramélisées avaient bien perdu leur eau.

— Il y a de la crème dans le réfrigérateur.

Elle le regarda noyer sa pointe dans le liquide blanc. Elle pensait aux framboisiers de la cour arrière chez sa grand-mère. Un pouding aux framboises pour le lendemain.

— C'est vraiment très bon.

— Merci !

— Tu sais, Mathilde, je m'inquiète pour toi.

— Je vais bien. Je te le dis.

Il mangeait. Elle le regardait mâcher.

— Je te crois, mais fais attention.

Elle hocha la tête.

Du sang, du sang. Une coulisse rougeâtre descendait à l'intérieur de sa jambe et se mêlait à l'eau. Elle s'accroupit au fond du bain. L'eau montait jusqu'à la hauteur de ses mamelons. Du sang autour. Une eau orange, des filets plus foncés. Elle cala sa tête sous l'eau, s'y perdit. Elle sentait la haine grandir en elle. Pourquoi n'y arrivait-elle pas ? Que la haine. D'une certaine façon, elle l'avait poussé dans la rivière, le ballon et lui. Maintenant, elle le regrettait. Tout le monde avait cru à un accident. Parfois, elle arrivait à y croire aussi. Des bulles montaient à la surface. Le torrent. Les cheveux blonds dans les remous. Un évènement malheureux. Ses parents, les larmes et plus rien avec eux. Les bras de sa grand-mère.

Troisième partie

L'automne

Chapitre 1

Sa mère l'attendait déjà sur le balcon. Elle lui envoyait la main. Mathilde se gara dans son emplacement habituel près du vinaigrier. Elle jeta un regard vers la maison de Rose. Personne n'avait pris soin de la rocaille. Les plantes s'affalaient sur le gravier. Mathilde amassa ses sacs sur le siège passager et sortit de la voiture.

— Bonjour ma belle, lança Rolande.

— Bonjour. Ça va bien ?

Rolande s'approcha, embrassa Mathilde sur la joue.

— Oui, très bien. Ton père est parti au village faire des commissions. Tu as faim ?

— Non.

Elles entrèrent dans la maison. Mathilde laissa ses souliers à l'entrée et ouvrit sa veste.

— Tu as encore maigri.

— Je ne crois pas.

— Ça paraît. Tu es rendue toute petite.

— Ah, maman, là, fit-elle exaspérée.

— OK, OK. Dépose tes bagages en bas de l'escalier. Va t'asseoir à la table. Tu veux boire quelque chose ?

— Du café ou du thé. Ça ne me dérange pas.

— Je vais te faire du café. Ton père nous a acheté une cafetière italienne. Il est devenu fou depuis qu'on a essayé ça chez Mado.

— Hum. Avez-vous rencontré les nouveaux voisins ?

— La semaine passée. Ils ont l'air gentil. Ils vont commencer les rénovations. Ils ne seront pas dans la maison avant la mi-octobre.

— Qu'est-ce qu'ils vont faire comme travaux ?

— Déjà le toit. Ce n'était pas une option. Il était fini. Ton grand-père l'avait refait en 1981. L'année de notre mariage.

Rolande reprit :

— C'est un jeune couple. Ils doivent avoir ton âge. La fille travaille au salon de coiffure. Je la croise à l'épicerie. Lui, je ne l'avais jamais vu. Tu dois les connaître.

— Peut-être.

Rolande, de la cuisine, élevait la voix pour que Mathilde puisse l'entendre de la salle à manger.

— Tu sors ce soir ? Lorraine va venir jouer aux cartes. Tu peux rester avec nous si tu veux.

— Je vais voir, mais je ne pense pas aller bien loin.

Mathilde s'imagina chez sa grand-mère, assise à la table avec Rose. Elles se raconteraient leur semaine tout naturellement, feraient, peut-être, une partie de scrabble, cuisineraient un dessert avec les pommes de la cour.

Mathilde n'avait nulle part où aller.

— Tiens, ton café. Tu prends du sucre ?

— Non. Merci.

— À quoi tu penses comme ça ?

— À rien.

— Jeanne va bien ? Vous vous parlez souvent ?

— Oui, elle va bien.

— Tu lui diras qu'on s'ennuie d'elle, ton père et moi.

— Je lui ferai le message.

— Bon. Mon souper m'attend là. Je vais commencer, comme ça, quand ton père sera là, on pourra passer à table.

Rolande retourna à la cuisine. Elle continuait de parler depuis l'autre pièce. Mathilde regardait le film de gras créé par le lait à la surface du café.

Dans la pharmacie de la salle de bain, elle consulta les pots de pilules. Sur chaque étiquette, une posologie adéquate. Elle remarquait que ses parents en consommaient peu, surtout des trucs pour le cœur, la pression artérielle, le cholestérol. Elle trouva une plaquette de Benadryl. En déposa six ou sept dans sa main. En glissa quatre dans la poche arrière de son jeans. Se coula un verre d'eau. Avala les autres.

Elle entendait parler ses parents, sa tante et son oncle. De son côté, elle regardait une émission sur les meurtriers en série. Ses paupières tombaient tandis qu'on énumérait le nom des victimes. C'était juste avant que sa mère commence à parler de Christophe. La pièce tournait. « Tu es une bonne personne, tu es une bonne personne » revint, encore une fois. Elle prit un nouveau cachet qu'elle ingéra péniblement avec une rasade de salive.

Elle écrivit : « Je t'aime » dans la fenêtre de dialogue. Elle n'ajouta rien de peur d'affadir le message, mais hésita pour un « encore ». « Je t'aime encore. » Elle se demandait si ce n'était pas elle qui avait besoin de se convaincre.

Marion se déchaussa. Mathilde lui fit signe de la suivre au salon. Elle buvait du vin. Elle lui versa un verre. Elles prirent des nouvelles l'une de l'autre. Mathilde savait Marion tracassée, elle voulait dire quelque chose, mais n'osait pas. Elle comprit quand Marion commença :

— Je vais manger avec Thomas vendredi. Je n'ai rien à me mettre. J'ai pensé que tu voudrais peut-être me prêter une robe. Tu sais, la noire, celle qui se ferme en portefeuille.

Mathilde souffla un faible « oui », se demandant pourquoi Marion avait besoin de lui remettre au visage ses rapports avec Thomas. Elle ajouta :

— Je vais voir et je t'appellerai.

— Pourquoi pas maintenant ? Je suis *overbookée* cette semaine. Je n'aurai pas le temps de revenir.

— Elle est sale. Je dois la laver.

Mathilde mentait.

— Alors, tu peux passer à la maison pour la laisser. Si je suis absente. Tu entres. Tu sais où se trouve la clé.

Elles terminèrent la bouteille dans un quasi-silence.

Le sofa croassa sous le poids de ses fesses. Mathilde tira la couverture de laine pour recouvrir ses jambes et posa sa tête sur l'oreiller. Sous sa tête, elle sentit les plumes se tasser dans leur enveloppe de flanelle. Elle ferma les yeux pour profiter du relâchement des muscles de sa nuque. Elle se cala en bougeant les hanches de droite à gauche. Ses orteils dépassaient de l'enceinte pelucheuse qu'elle venait de se créer. Ils prenaient la température extérieure.

Elle ouvrit le livre. Les pages du bouquin étaient rugueuses, elle y glissa doucement sa lèvre supérieure. La colle vieillie craqua et une feuille se détacha. Elle la saisit et l'approcha de son visage. Son nez y avait déjà décelé une odeur terreuse. Elle en fit descendre la frange sur sa gorge. Elle déboutonna son chemisier et déposa le livre sur sa poitrine. Une paume chaude sur son corps. Ses mamelons jaillirent de leur état comateux et pointèrent vers le plafond. Elle continua la lecture en perpétuant ce jeu. Ses yeux s'activaient sous les rangées de mots.

Sa main glissa sous ses vêtements pour atteindre sa peau. Ses jambes s'écartèrent. Elle se concentra sur les mouvements de va-et-vient. Elle se délesta de la couverture qui empêchait une bonne amplitude du geste. Les mains sur le bouquin, elle accéléra la rotation. Le livre s'effrita, une section au centre se décolla. Une moiteur envahit le bas de son corps. Son bassin obéissait au rythme imposé par ses avant-bras et tournait dans une cadence parfaite. Elle contracta les fesses, puis les relâcha dans un soupir. Ses muscles faiblirent. Une vague l'emporta.

L'après-midi achevait. Déjà le soleil ne réchauffait presque plus sa nuque. Elle monta à grande course les quelques marches du balcon, ses cheveux traînaient dans le vent, une queue de cheval comme un vrai cheval. Elle portait une robe d'été jaune, avait un sac en plastique rempli de jouets à la main. Elle cogna à la porte dans le seul carreau qu'elle pouvait atteindre, puis ouvrit sans attendre de réponse. Rose se leva de sa chaise, serra sa petite-fille, l'emmena à la table, lui offrit à boire. Mathilde vida son sac sur la table. Des crayons, du papier. Ses parents suivaient derrière avec le bébé dans la poussette. Un frère. Ils s'attablèrent, laissèrent le bébé dormir dans le salon. Mathilde s'en approcha, le regarda. Tout blond et petit. Elle toucha son poing, le desserra pour y insérer son doigt. Il sourit. Un frère magique.

Les yeux de Thomas s'agrandirent. Mathilde posa sa main sur la joue empourprée. Elle laissa tomber son soutien-gorge sur le fauteuil et s'avança en ondulant les hanches. Elle parcourut de son index le cou de Thomas, descendit jusqu'au col de la chemise. Elle se surprit de l'adresse avec laquelle elle dénoua la rangée de boutons gris. Elle plongea, colla sa joue contre sa peau chaude, l'embrassa partout autour des mamelons. Les poils frottaient sur son visage, s'emmêlaient à ses longs cheveux.

Il la repoussa.

— Mathilde, s'il te plaît, arrête.

— Allez, j'ai envie.

Les doigts de Mathilde se faufilaient vers la fermeture éclair du jeans de Thomas. Il la saisit par les épaules, secoua sa cage thoracique fermement, mais sans vouloir la blesser.

— Mathilde, je suis sérieux. Marion...

Elle se recula, le regarda pleine de rage.

— Con ! Tu n'es vraiment qu'un gros con.

Elle le frappa au visage, une gifle vive et bien placée. Thomas ne répondit rien, il semblait même calme.

Ce soir-là, elle fit deux tartes au sucre, ne dormit pas et ne pleura pas, mais avec une des assiettes d'aluminium abîmées, s'entailla légèrement la main gauche, juste sous l'auriculaire.

Les vidéos s'enchaînaient dans la liste de lecture. Cette fois, une femme accouchait sur les galets d'une rivière. Sa famille se baignait un peu plus haut dans le courant. Mathilde trouvait la scène ridicule, ne voudrait jamais accoucher devant autant de gens. La plupart des vidéos d'accouchement qu'elle écoutait étaient mis en ligne par des femmes écolos. Mathilde cherchait autre chose, moins fleur bleue, plus réaliste. Elle tâtait son ventre, se demandait si lors de l'expulsion, il dégonflerait automatiquement. Elle espérait ne pas avoir besoin d'antidouleur. Elle voulait le faire naturellement, comme un animal dans la forêt, comme une bête laissée à elle-même. Son calendrier au mur la pressait. La journée de l'ovulation encadrée au stylo approchait. Et Marion qui ne décollait plus, venait briser ses plans. Le bébé sortit, tomba presque au travers de la roche, beaucoup de liquide l'accompagnait. Les baigneurs s'approchèrent.

Ennuyée, Mathilde cliqua sur une vidéo intitulée : *Infected with parasitic worm, it commits suicide**. Un grillon sautait dans un bassin d'eau, se noyait, un long ver sortait de son corps. Mathilde

* Infecté par un parasite, il se suicide.

chercha une explication dans les commentaires. *Le ver est avalé sous forme de larve par le grillon. Au bout d'un an, le ver doit rejoindre l'eau pour se reproduire. Il émet une substance chimique qui agit sur le cerveau du grillon qui adopte un comportement erratique et ne réagit plus au danger, l'amenant parfois à se noyer dans des ruisseaux, réservoirs, piscines.*

À droite, des vignettes menaient vers d'autres vidéos de parasites d'animaux ou même d'humains. Elle préféra contenir sa curiosité.

Mathilde ne leva pas les yeux pour voir Thomas traverser la cuisine. Son mutisme en disait long. Elle ne lui parlait plus depuis deux jours, déjà. Elle voulait le confronter, mais attendait un moment où elle ne serait pas en mesure de perdre. Elle posa le regard sur la petite fiole de plastique dans la bibliothèque. On lui avait donné une partie des cendres de sa grand-mère. Elle n'avait rien pour les entreposer et les avait placées dans un pot d'aspirine, seulement pour un temps. Des os en poudre, surtout du calcaire.

Chapitre 2

— Grosse vache !

Mathilde répétait ces mots à voix haute, ne criait pas, laissait glisser les mots entre ses dents. Des mots épineux dont elle mesurait la portée. Elle les répétait comme un mauvais sort. D'instinct, elle s'était retournée vers l'immeuble voisin et, malgré qu'elle fût dans sa chambre et qu'aucune fenêtre ne lui permette de voir, elle savait que Marion était là-bas. Mathilde parcourait la pièce de long en large engoncée dans son désir de vengeance. Elle cherchait le début et la fin. La façon de clore.

La clé sous le pot de grès. Elle s'avança dans la pénombre. Le couloir semblait ne jamais se terminer. La porte au bout s'éloignait. Elle tenait le manche, n'avait pas pris la peine de nettoyer la lame. Elle avait seulement saisi l'arme dans l'évier de la cuisine. Ses pieds sur le parquet froid. Les quelques roches coincées entre ses orteils nus qu'elle prit la peine de déloger. Elle continua sa marche, pensait à ce qu'elle trouverait dans le lit, pensa à la perforation, au ventre tendu et aux seins flottants. Elle ne voulait pas que le silence se brise, pas de cri. La poignée brillait, l'appelait comme une complice. Elle s'élança.

À l'occasion de ses neuf ans, Mathilde avait reçu un microscope et ses accessoires. La valisette contenait un certain nombre d'instruments propices à l'expérimentation scientifique. Quelques lamelles, boîtes de pétri, éprouvettes, fioles à échantillons, une loupe, un scalpel et des pinces. Elle aimait attraper des mouches, les trancher en pièces et regarder leurs ailes. Il y avait aussi une aiguille montée sur un manche en plastique dont elle ne connaissait pas l'utilisation propre. Un après-midi, elle trouva un oiseau mort dans le champ devant la maison. Sous le regard de son frère, elle l'emporta dans leur cabane et le déposa sur un comptoir de bois. D'un tiroir, elle sortit l'outil et d'un geste vif enfonça le pic dans l'abdomen de l'oiseau. Elle n'avait pas vraiment hésité. Elle laissa l'outil là, ne voulut plus tout à fait le retirer. Elle regarda son frère sans sourire. La sensation était assez étrange. Elle la comparait à l'effet de glisser une lame dans du polystyrène.

Une faible résistance, une matière poreuse plutôt synthétique.

Quand elle referma derrière elle, Mathilde n'avait que des images d'oiseau en tête. Elle traversa la cour intérieure et se dirigea vers son lit. Elle dormit.

— Bonjour Marion. Ça va ?

— Ah, bonjour Mathilde. Oui, je vais bien.

— Hum, je voulais simplement te dire que je suis allée chez toi hier soir. J'ai cogné, tu ne répondais pas. Alors, je me suis permis d'entrer. J'ai laissé la robe sur la table de la cuisine.

— Merci beaucoup, je te la rends dès demain.

— Ah, de rien. Allez, bonne journée.

— Je t'embrasse.

Mathilde versa le reste de la bouteille de vin blanc dans sa coupe. Elle en avait bu la moitié devant la télévision. Il ne restait que quelques gouttes qu'elle boirait en parlant avec Jeanne. Tandis que ses pieds reposaient sur le bureau, son index parcourait ses mollets couverts d'un duvet. Elle devait se raser. Elle fumait. Ses cheveux tombaient sur ses épaules frêles et découpaient ses clavicules. La caméra branchée à son ordinateur lui renvoyait une image d'elle surexposée où la lumière atténuait les défauts de sa peau et la lourdeur de ses traits. Moue de Brigitte Bardot, la lèvre inférieure avancée, les yeux maquillés de noir, une partie de sa chevelure remontée par une pince, l'autre partie roulait dans son cou.

La sonnerie retentit à travers la musique. Mathilde cliqua pour accepter l'appel. Le visage de Jeanne apparut dans le coin droit de l'écran. Le silence glissa, puis Jeanne commença.

— Bonjour. Tu vas bien ?

Mathilde hocha la tête en coinçant ses joues entre ses molaires.

— Puis la maîtrise ?

Mathilde haussa les épaules et tenta quelques mots.

— Rien de très intéressant.

Elle mentait. Elle n'avait pas mis les pieds à l'université. Elle annulerait sa session dans quelques jours quand elle retrouverait son code d'accès étudiant.

— C'est tranquille, ajouta-t-elle.

Tranquille. Elle aurait plutôt utilisé « vide ». Son existence vide. Vide de sens, à tout le moins. En un éclair, elle repensa aux semaines passées, à Thomas, à Marion, au chat, à sa grand-mère.

Comme Mathilde ne parlait plus, Jeanne se lança :

— J'ai vu les étoiles pour la première fois depuis mon arrivée. Je les avais oubliées avec le soleil qui ne se couche jamais.

Mathilde essayait de poursuivre la conversation sans paraître trop distante.

— Dors-tu encore au terrain de camping ?

— Non, les nuits sont rendues trop froides. Impossible de dormir à l'extérieur. Hé ! J'ai commencé à magasiner mon billet d'avion, dit-elle en soulevant l'index. Je termine mon contrat bientôt. Maintenant, je cherche un moyen de me rendre à Whitehorse. Je ne sais plus comment sortir d'ici.

Mathilde déglutit. La salive descendit difficilement dans sa gorge. Elle s'attendait à ce que Jeanne revienne sans avoir réfléchi à la concrétisation de ce retour. L'excitation de revoir Jeanne, de sentir son cou chaud se déposer contre sa peau, se mêlait à une gêne de ne pas réussir à être enceinte. Elle aurait dû mieux prévoir. Elle devait prendre action. Elle prétexta un rendez-vous pour quitter la conversation.

Il n'y avait rien à ajouter, quelques semaines pour conclure. Elles se saluèrent. L'automne était là déjà avec ses feuilles mortes.

La lune disparaissait doucement dans les premières lueurs du jour. Mathilde voyait la pièce se dessiner : les contours du bureau, le chandail sur la chaise, la pile de livres sur la table de chevet. Elle arrivait presque à lire les titres et à reconnaître la couleur des couvertures. Sa gorge sèche et une envie d'uriner la pressaient de sortir du lit. Elle essaya d'étirer les jambes, de se découvrir pour se rendre à la salle de bain. Elle ne pouvait pas. Elle repoussa les draps jusqu'à ses pieds. Une pression sur sa colonne la plaquait contre le lit. La tête près de la porte, elle étira le bras pour saisir la poignée et s'extirper de là. Elle s'écrasa à nouveau sur le matelas.

Elle se réveilla.

La lumière perçait à peine les rideaux diaphanes. Le cœur de Mathilde battait dans sa cage thoracique comprimée. Elle fixait la sérigraphie accrochée au mur du fond en tentant de respirer. Des femmes nues se chevauchaient, un homme se tenait debout derrière elles avec une batte levée en l'air, prêt à les frapper. Une silhouette passa devant ses yeux et vint tout près d'elle, se coucha. Elle tenta de se retourner pour voir. Sa tête engoncée dans son cou ne répondait plus. Elle voulut hurler, ouvrit grand la bouche, à peine un peu d'air en sortait. Une main frôla sa cuisse sous les couvertures. Ses bras se crispèrent. Toujours pas de sons. Pourtant, elle gueulait, criait de toutes ses forces. La main s'aventura jusqu'à son entrejambe, l'écarta doucement. Le poids d'un corps pesait maintenant sur sa poitrine. Elle ne percevait qu'une ombre floue ou plutôt une lumière diffuse dont elle n'arrivait pas à saisir la forme. La présence la clouait sur place avec fermeté. Elle se sentit pénétrée, possédée, éprouva soudainement du plaisir jusqu'à ce qu'elle atteigne l'orgasme. La présence se dissipa.

Elle ouvrit les yeux. Son cœur battait. Elle fixa la sérigraphie au mur. La clarté permettait d'apercevoir le chandail sur la chaise. Elle tourna la tête. Sur la table de chevet, il y avait *Le Horla*. Son cœur battait toujours. Elle déplia les doigts, ses ongles avaient laissé quatre encoches dans la chair de sa paume.

Elle se servit une portion de soupe préparée la veille, une stracciatella inspirée. Les épinards, les œufs coagulés et les tomates tombèrent en bloc dans le bol qu'elle plaça au micro-ondes. La nourriture calmait ses angoisses, l'action de ses mâchoires la ramenait en elle-même, aux réflexes primaires de la vie. Elle lisait, mais demeurait perdue dans ses pensées. Elle cherchait la femme, celle à qui on ne résiste jamais. La femme qui enfante, qui baise, qui aime, qui soutient, qui pleure en silence sans déranger. Celle à qui on offre des bijoux pour se faire pardonner, celle sur qui on ne détourne jamais les yeux. Celle qui n'est que corps, lèvres, fentes, nuque et peau. Qui murmure en replaçant ses cheveux, les yeux bas sur ses mains comme les Japonaises.

Sans quitter son livre, elle portait de grandes cuillères de soupe à sa bouche. Elle avala. Thomas pouvait dire non. Elle lui avait donné ce choix, lui avait laissé cette liberté jusqu'à maintenant. Elle touilla la soupe. Une bouchée croqua sous ses molaires. Elle cracha sur la table ; un abdomen violacé auquel demeuraient attachées trois pattes. On distinguait bien les minuscules crochets sur la partie intérieure de la jambe. Une sauterelle de la grosseur d'un pouce. La tête n'y était plus. Elle ne courut pas à la salle de bain. Resta là subjuguée.

Mathilde regardait une compilation d'accidents de camions. Une séquence d'une quinzaine de minutes avec pour contexte un pont-tunnel plutôt bas et des véhicules de transport qui s'y râpent la toiture. Mathilde préférait ceux qui arrivaient à passer en perdant une couche de métal, fine comme de la margarine, à ceux qui s'y frappaient violemment.

Le téléphone sonna. Elle répondit, reconnut Laura.

— Bonjour Mathilde, est-ce que je peux parler à Thomas ?

— Il est sorti. Tu veux que je lui laisse un message ?

— Non, non, je voulais l'inviter à prendre un verre. On se reprendra. Mais toi, est-ce que tu aurais envie de sortir ?

Il y eut une seconde de silence.

— Pourquoi pas ?

— Viens chez moi pour vingt-deux heures. Je te donne l'adresse.

Mathilde nota sur un bout de papier. Elle quitta l'appartement sans se changer. Son long chandail pouvait passer pour une robe.

Elles entrèrent dans le bar. Une table près de la terrasse leur parut excellente. Les fenêtres restaient fermées, mais parfois, lorsqu'un client sortait fumer, de l'air s'infiltrait et les rafraîchissait. Elles commandèrent deux pintes de bière blanche. Les verres arrivèrent rapidement, le serveur y avait mis une tranche d'orange. Mathilde l'enleva et la jeta sous la table.

— Thomas m'a dit que ta copine travaille au Yukon. Elle est là-bas depuis longtemps ?

— Depuis le printemps. Elle revient bientôt.

— Tu dois t'ennuyer.

— J'ai hâte qu'elle soit là … Tu m'excuses ? Je vais à la toilette. Je reviens.

Dans le couloir, devant la porte de la salle de bain des hommes, un grand brun adossé au mur attendait. Mathilde passa sans le regarder. Il l'interpella.

— La toilette des hommes est vide. On pourrait y aller ensemble.

Elle contint une expression de dégoût, mais ne se retint pas de le dévisager. Elle demeura polie quand elle répondit :

— Non, merci. Ça va.

— Heille, j'ai tout ce que tu veux.

Elle haussa les épaules, puis se dirigea vers la cabine des femmes sans lui porter davantage d'attention. La musique traversait les parois du plafond, parvenait jusqu'à elle. Une musique électro-pop-psyché. *Your body's harmful, the very shape. The cracks are deeper, on every plate**. Elle s'essuya, jeta son papier dans la toilette, le regarda tournoyer dans la cuvette avant de quitter sa position. Elle mira son reflet dans la glace. Son front brillait. Quand elle sortit, le type

---

* Ton corps est nuisible dans sa forme même.
Les fissures sont profondes, sur chaque plaque.
(Traduction libre de l'auteure)

attendait toujours des clients. Elle s'approcha, lui demanda :

— Tu as du viagra ?

— Avec qui tu baises pour avoir besoin de viagra ? Moi, je peux te dire que j'en ai pas de besoin !

— Tu en as ou non ?

— Laisse-moi faire quelques appels. Dans trente minutes, tu en auras. Tu en veux beaucoup ?

— Je ne sais pas, quelques-uns.

— Je vais te trouver dans le bar. Sauve-toi pas.

Quand Mathilde revint à la table, trois personnes s'y étaient installées, deux garçons et une fille. Laura, au centre, lui fit un sourire.

— Viens t'asseoir. J'ai invité des amis à se joindre à nous.

Un des garçons se leva, lui fit signe de prendre sa place, il se dirigea vers le comptoir en fouillant dans les poches de son pantalon.

— Reviens avec quelque chose de bon au moins, lui lança Laura.

Elle glissa à Mathilde :

— J'ai réussi à parler à Thomas. Il s'en vient.

Le garçon regagna la table avec cinq *shooters*. Mathilde savait déjà qu'elle ne s'éterniserait pas avec eux. Elle attendrait le vendeur et retournerait à la maison.

— C'est du Jagermeister, je n'avais pas les moyens d'acheter mieux.

— On s'en fout. On boit !

Ils l'avalèrent d'un trait. Mathilde commanda une autre pinte de bière. Cette fois, il n'y avait pas d'orange dans son verre.

À cause des chaises ajoutées, Laura et Mathilde n'avaient d'autre choix que de se tenir très proche. Mathilde ne s'en plaignait pas. Les lèvres de Laura touchaient presque son lobe d'oreille. Elle sentait son souffle courir.

Quand le type arriva, Mathilde s'esquiva du groupe. Elle le paya, le remercia et préféra quitter le bar avant que Thomas arrive.

Mathilde l'entendit entrer. Elle s'approcha de la porte de la chambre pour l'écouter se déplacer. Elle reconnut dans son pas lent, dans la façon dont il échappa ses clés et trébucha sur la table qu'il avait beaucoup bu avec Laura. Elle sortit.

— Ça va ? lui demanda-t-elle. Tu as l'air amoché.

Il leva la main, les yeux à peine ouverts et s'écrasa sur la chaise du vestibule. Elle défit la boucle de ses lacets et retira ses souliers. Il dodelinait de la tête en tentant de rester éveillé. Il se releva en s'appuyant sur l'épaule de Mathilde. Elle marcha avec lui jusqu'au lit. Elle revint avec un verre d'eau dans lequel elle avait dissous le viagra. Il l'avala.

La lumière du corridor pénétrait dans la pièce et lui permettait de distinguer le visage de Thomas. Elle s'avança. Elle avait attendu une dizaine de minutes ne sachant si l'action des capsules serait instantanée. Le bouton de son jeans déjà détaché, elle glissa hors de son pantalon et ensuite de sa culotte. Thomas sourcilla à peine quand elle colla son corps contre le sien. Il avait gardé ses vêtements. Il puait. Elle déboutonna la chemise tordue sur son tronc, passa sa main par la fermeture éclair. Il était déjà en érection. Elle lui retira en partie son pantalon, n'arriva pas à le passer par ses pieds sans qu'il ne s'éveillât, bougeât un peu, marmonnât quelques mots. Elle lui caressa le front pour le rassurer, lui glissa à l'oreille qu'elle ne lui ferait pas de mal, pendant qu'elle l'enjambait. Avec un filet de salive, elle se lubrifia. Dans un mouvement de va-et-vient, elle s'accrocha à lui, planta ses doigts dans ses épaules. Elle accéléra le rythme. Elle grognait, s'activait davantage sans éprouver un véritable plaisir. Il ne fit pas long, ouvrit les yeux lors de l'orgasme, mais ne semblait pas tout à fait conscient. Elle quitta le lit, s'allongea sur le sol et suréleva les jambes pour garder chaque goutte en elle.

Chapitre 3

Son bras balançait dans l'air. La paroi de brique grafignait la peau de son index. *It's the last goodbye, I swear**. Les nuages avançaient vers la ville, au-dessus des collines. Un gris foncé, dense. Mathilde souhaitait l'orage, une pluie battante, du tonnerre et des éclairs. Le souffle humide lui rappelait les côtes du Saint-Laurent. Un vent de pluie. Elle recula vers le fauteuil, laissa la fenêtre ouverte pour sentir l'air dans l'appartement. Doucement, le bruit des premières gouttes sur les feuilles se fit entendre puis s'intensifia. Une série de claquements contre les vitres. L'eau sur le plancher juste en dessous de la fenêtre. Les flaques s'assemblaient pour en former de plus grandes. Mathilde allongea le pied, le laissa là sous la pluie. Elle le retira quand il fut blanchi par le froid, les ongles de ses orteils quasi bleus.

---

* C'est le dernier au revoir, je le jure. (Traduction libre de l'auteure)

Mathilde tira le sachet de la boîte. Elle avait du retard. Trois jours. Elle se doutait bien de ce qui allait apparaître dans la fenêtre du test, et déjà, dans le miroir, elle remarquait un arrondi au niveau de son utérus. Elle lut les instructions. Elle choisit d'uriner dans un verre et d'y plonger la languette plutôt que de tenir le test entre ses jambes pendant qu'elle essayerait de viser. Ça lui paraissait plus sûr. Il fallait attendre trois minutes. Elle sortit un recueil de poésie et se posta de façon à voir l'horloge de la cuisine. Le test attendait dans la salle de bain. Les trois minutes s'écoulèrent sans que Mathilde ait terminé le moindre poème. Les vers fluaient devant ses yeux, ne s'accrochaient à aucune pensée, roulaient dans le néant. Les mots ne portaient pas de sens dans ce moment d'expectative. Sur le bout de plastique aucune croix rose ni de barre horizontale, qu'un carré blanc. Elle s'en voulut d'en avoir acheté seulement qu'un.

Puis, ce vers :

« J'ai convoqué par la peur, l'ennemi*. »

* Sylvia Plath.

— J'ai mon billet d'avion. J'arrive dans huit jours. En plus, mon patron me le paie.

— Hum.

— Tu es contente ?

— Oui.

— Qu'est-ce que tu as ?

— Rien. Je… J'ai une migraine.

— Je t'aime. J'ai hâte de te voir.

— J'ai hâte aussi.

— On pourrait préparer une soirée. Inviter des amis.

— Oui.

— Je suis super excitée.

— Oui. Moi… aussi.

— Je vais commencer à faire les invitations.

— Ok.

— Tu auras le temps avec tes séminaires ?

— Oui, ça va aller.

— Tu as l'air fatigué.

— Oui. Je sais.

— Préfères-tu que je te laisse dormir ?

— Oui.

— Dans ce cas là, à bientôt. Je t'aime.

— Oui. Je t'aime.

L'odeur de la terre rappelait la campagne. De son balcon, Mathilde regardait la lumière changer.

Elle ne s'étonnait pas de ne voir personne dans les rues. La ville déserte. Jeanne revenait dans huit jours, la rencontre l'angoissait. Des samares jonchaient le capot de sa voiture, en bas. Un tapis de graines qu'elle se ferait un plaisir d'envoyer dans le vent d'un grand coup d'accélérateur. Mathilde avait toujours aimé l'automne, le printemps aussi. Les saisons de transitions. Des feuilles se décrochaient des arbres, tombaient sur les trottoirs. La pluie les transformait en une pâte mollasse et brune. Les semelles des souliers s'en couvraient, la traînaient à l'intérieur sur les tapis. L'automne se frayait un chemin dans les maisons. Chez ses parents, les marécages avoisinants favorisaient la prolifération de moustiques. La jeune Mathilde adorait les regarder la piquer. La longue trompe perçait la peau dans un pincement, l'abdomen se gonflait de sang jusqu'à ce qu'une goutte s'en écoule, puis l'insecte se retirait et s'envolait chargé. Elle avait fréquemment passé ses soirées à les regarder. Assise sur de grandes roches plates, elle attendait, se laissait piquer, elle espérait en voir un éclater de gourmandise. Mais cela n'arrivait jamais. Des centaines de blessures qu'elle arborait aux mollets, qu'elle dévoilait à l'école pour se montrer sans peur de la douleur, peut-être pour attirer l'attention.

Marion se pointa à la fenêtre. Thomas devait être là derrière, quelque part. Il ne venait plus dormir à l'appartement depuis quelques jours, depuis le soir du bar, depuis la baise et la dispute du lendemain. Marion la regardait toujours. Mathilde s'imagina lui envoyer un doigt d'honneur franc et droit. Elle ne le fit pas. Marion recula. La nuit tombait, Mathilde saisit le cendrier plein et poussa la porte. Elle se terrait elle aussi de son côté.

Chapitre 4

La fourchette traçait des sillons dans la purée de pommes de terre. Rose portait une robe cintrée au-dessus des hanches qui avantageait sa silhouette. Elle déposa un verre de lait devant Mathilde.

— Mange encore la moitié de ton assiette si tu veux avoir du *brownie.*

Mathilde attaqua la cime de sa montagne, la bouchée salée coula sur sa langue.

— Grand-maman, penses-tu qu'il y a des fantômes dans la maison de mes parents ?

Rose hésita, pesa ses mots, puis répondit.

— Je n'en ai jamais vu. Tu n'as pas besoin d'avoir peur, tous les fantômes ne sont pas méchants et ici il n'y en a pas. J'en suis certaine.

La nappe de plastique collait sous les mains moites de Mathilde. Elle regardait sa grand-mère s'activer à ranger les divers condiments. Elle les organisait dans la porte du réfrigérateur déjà bien occupée par toutes sortes de pots. Il y avait toujours beaucoup de choix de marmelades et de confitures le matin. Mathilde préférait celle à la cerise, car chez ses parents, il n'y en avait jamais. Depuis que sa mère passait ses journées dans le lit et que son père rentrait tard, le réfrigérateur était vide.

— Est-ce que tu en as vu, des fantômes ? Est-ce que tu en as vu ailleurs, dans d'autres maisons ?

Rose versa le contenu du bocal de ketchup aux fruits dans un bol qu'elle plaça sur la table avant de s'asseoir.

— Goûtes-y. Avec la viande, tu verras, c'est délicieux.

Mathilde laissa sa grand-mère déposer une quantité de la sauce sur sa tranche de rôti.

— Mais, les fantômes, grand-maman.

Elle lui caressa la tête doucement.

— Ma belle fille, tu es trop jeune pour ces choses-là, mais grand-maman te promet qu'elle te racontera quand tu seras plus grande. Arrête de penser à ça.

— Mon frère…

Rose ne lui laissa pas le temps de terminer sa phrase. Elle s'impatientait.

— Allez, tu manges ou je vais me fâcher.

Mathilde se tue. Elle combattait le tremblotement de sa lèvre inférieure. Elle demeura absente un moment.

— Je m'ennuie de lui. Je voudrais qu'il revienne.

Rose s'attendrit.

— Il ne reviendra jamais, ma chérie. Viens ici. Viens dans mes bras. Ça va aller.

Ce soir-là, les assiettes restèrent pleines. Rose n'argumenta plus pour que Mathilde la terminât, elle n'en avait, elle-même, plus très envie. Elles allumèrent des cierges et se bercèrent dans le calme de la maison, seuls les barreaux de bois de la chaise osaient briser le silence.

Ses cheveux étaient retenus par un élastique à la base de son crâne, près de la nuque. La queue de cheval pendait jusqu'à la moitié de son dos. Elle passait la main derrière son tronc et saisissait sans difficulté les mèches aux bouts blondis par le soleil. Les lissait, les glissait entre le majeur et l'index. C'était devenu un tic nerveux. Une source de réconfort. Les ciseaux s'y enfoncèrent sans résistance. Le bruit de coupe. Un tremblement. Elle continua. Au sol, une mosaïque de filaments arrondis, puis un tas comme un animal mort.

Mathilde trancha la dernière bande de cheveux, se leva et ébouriffa sa tête. Une coupe carrée, à hauteur de la mâchoire. Un air garçonne qu'elle aima. Elle reconnut des traits de son frère. Ils auraient vieilli sensiblement de la même façon, se ressembleraient encore beaucoup.

Son visage se crispa. Elle dut s'accoter sur le comptoir de la cuisine. Une douleur vive la traversait. Une fissure. Elle avait chaud. Elle porta la main à son ventre, inspira, expira. La douleur la tenait toujours. Les sueurs froides. La moiteur. Elle frissonnait. Des points apparurent dans son champ de vision. Elle déposa la tête sur la surface de céramique. Son front brûlait. Une sirène dans ses oreilles. Ses mains s'accrochaient au léger renflement au-dessus de son pubis, saisissaient la chair, la massaient, la coinçaient entre les ongles. La nausée l'envahit. Un bouillon noir remontait dans son œsophage tandis que son ventre se déchirait. La pièce disparut. Elle tomba au sol.

La douleur ne l'avait pas quittée. Mathilde se leva, fit le tour de l'appartement, jeta un coup d'œil par la fenêtre. La peur venait de l'intérieur. Elle plaça les mains sur son ventre. Rien n'avait bougé là. Elle hésitait. Elle s'était coincée. Et ce bébé, une larve molle et laide qui n'existait que dans ses imaginations. Le cri aigu de la sirène se poursuivait. Mathilde ne caressait plus son ventre. Elle le détestait. Elle se frappa sous le nombril. Hors d'elle, la chose horrible. Elle frappa à nouveau. « Tu l'entendais crier dès qu'il a mis les pieds dans la rivière, tu n'as pas réagi. Tu voulais qu'il disparaisse. Et puis, tu as travaillé fort pour les éloigner, tous. Tu t'es acculée au pied du mur. Réjouis-toi, tu cherchais le trajet pour t'y rendre depuis longtemps déjà. Tu voulais sentir le béton froid sur la chair de ton dos, sa paroi rêche contre ton épiderme, et sentir les écorchures. Tu voulais qu'on t'y plaque, que les mains enserrent ton cou davantage, tu voulais voir les marques rouges, sentir l'effroi au creux de ton cœur. Tu voulais couler. Tu voulais entendre ce silence. Celui du vide. Tu ne voulais aucune chance. Maintenant tu y es. Regarde le monde avec distance, regarde tes traces dans la terre, regarde tes genoux en lambeau, tes pieds bleuis, regarde droit devant, dans le regard des autres et n'y trouve aucun réconfort. Tu entres chez toi par le chemin de la haine, le seul que tu connaisses vraiment. » Elle serra sa tête, se couvrit les oreilles pour arrêter le flot de sa pensée.

Dans le premier tiroir du comptoir de la cuisine, elle aperçut le couteau de boucher. Une lame de dix centimètres en acier inoxydable montée sur un manche en plastique doté de trois rivets, robuste. Mathilde n'hésita pas longtemps à le saisir. Elle s'approcha de la table. Elle remarqua la poussière sur le plancher, sur les carreaux blancs les graines foncées, sur les carreaux noirs les graines pâles. Elle s'agenouilla et balaya l'espace du revers de la main. Elle accota la pointe de la lame sur son ventre, à quelques centimètres au-dessus de l'os de sa hanche gauche. Son souffle rauque s'envolait vers le plafond. Elle redressa le tronc. Ses pieds s'enfoncèrent dans ses fesses. Ses orteils commencèrent à souffrir sous l'effort. Des larmes coulaient sur ses joues. Elle n'hésitait pas, savait qu'elle ne reculerait pas, mais attendait le moment idéal, le niveau de concentration qui lui permettrait de procéder. Elle délaissa le couteau, le posa près de ses genoux pour relever son t-shirt. Elle retira ses bras des manches, le passa par-dessus sa tête en essuyant les pleurs et la morve. Sa main droite se plaça sur sa main gauche, le couteau à nouveau au point de départ. Elle appuya avec force. La lame s'enfonça dans le ventre mou. Ce n'était pas un cri, plutôt une poussée d'air. Sa bouche resta ouverte, son cou tendu. Le rictus sur son visage ne s'effaçait pas. Elle devait maintenant amener la lame du côté droit de son corps. La douleur pointue disparaissait, se transformait. Jamais elle n'avait ressenti un tel apaisement. Son anxiété s'écoulait au même rythme que le filet de sang. Une douceur chaude sur sa cuisse. Dans un dernier geste, la lame traversa son abdomen. Le bouillon rouge coula, forma une marre sous elle.

Elle s'effondra. Ses jointures claquèrent sur le parquet, tout près de son crâne. Ses cheveux recouvraient la moitié de son visage et formaient de courtes volutes châtaines près de ses tempes. Elle regardait vers le plafond, sans vraiment en saisir la teneur. Elle reposait au sol, comme un insecte écrasé par le poids d'une botte.

Remerciements

Je remercie le programme Première Ovation en arts littéraires, chapeauté par l'Institut Canadien de Québec et la Ville de Québec, qui m'a permis de bénéficier d'un mentorat pour l'élaboration de ce projet d'écriture.

Table des matières

Première partie • *Le printemps* 9

Deuxième partie • *L'été* 53

Troisième partie • *L'automne* 143

Remerciements 181

hamac

Saccades
Maude Poissant, 2014

La Maîtresse
Lynda Dion, 2013

Le Mouvement naturel des choses
Éric Simard, 2013

Passagers de la tourmente
Anne Peyrouse, 2013

Si tu passes la rivière
Geneviève Damas, 2013

La Baleine de parapluie
Stéphane Libertad, 2012

Un léger désir de rouge
Hélène Lépine, 2012

Chaque automne j'ai envie de mourir
Véronique Côté et Steve Gagnon, 2012

L'Hiver à Cape Cod
Pierre Gobeil, 2011

Depuis les cendres
Emmanuel Bouchard, 2011

La Dévorante
Lynda Dion, 2011

Déjà
Nicolas Bertrand, 2010

La Pureté
Vincent Thibault, 2010

La Trajectoire
Stéphane Libertad, 2010

Être
Éric Simard, 2009

La Louée
Françoise Bouffière, 2009

Au passage
Emmanuel Bouchard, 2008

Enthéos
Julie Gravel-Richard, 2008

La Deuxième Vie de Clara Onyx
Sinclair Dumontais, 2008

Hc
hamac-carnets

Dans la collection hamac-carnets

Tout foutre en l'air
Simon Lanctôt, 2013

Les Chroniques d'une fille indigne
Caroline Allard et
Francis Desharnais, 2013

Détails et dédales
Catherine Voyer-Léger, 2013

Voyages et rencontres en Franco-Amérique
Dean Louder, 2013

Avant Eden
Barthélémy Courmont, 2013

Soleil en tête
Julie Gravel-Richard, 2012

Pour en finir avec le sexe
Caroline Allard et Iris, 2011

J'écris parce que je chante mal
Daniel Rondeau, 2010

Passion Japon
Valérie Harvey, 2010

Les Chroniques d'une mère indigne 2
Caroline Allard, 2009

Un taxi la nuit T-II
Pierre-Léon Lalonde, 2009

Lucie le chien
Sophie Bienvenu, 2007

Les Chroniques d'une mère indigne 1
Caroline Allard, 2007

Un taxi la nuit
Pierre-Léon Lalonde, 2007

Entièrement consacrée à la fiction,
Hamac propose des textes
profondément humains qui brillent
par leur qualité littéraire.

Si vous avez aimé celui-ci,
nous vous invitons à découvrir
les autres titres de notre catalogue.
Vous aurez certainement
du plaisir à les lire.

Pour soumettre un manuscrit ou obtenir plus d'informations,
visitez le site www.hamac.qc.ca

Hamac est dirigé par Éric Simard.

Vente de droits

Mon agent et compagnie
Nickie Athanassi
173 et 183 Carré Curial
73000 Chambéry, France
www.monagentetcompagnie.com
help@monagentetcompagnie.com

Tous les livres de Hamac sont imprimés sur du
papier recyclé, traité sans chlore et contenant 100 % de fibres
postconsommation, selon les recommandations d'ÉcoInitiatives
(www.oldgrowthfree.com/ecoinitiatives).
En respectant les forêts, Hamac espère qu'il reste
toujours assez d'arbres sur terre pour accrocher des hamacs.

PROTÉGEONS
NOS FORÊTS

COMPOSÉ EN ARNO PRO CORPS 13
SELON UNE MAQUETTE RÉALISÉE PAR PIERRE-LOUIS CAUCHON
ET ACHEVÉ D'IMPRIMER EN JANVIER 2014
SUR LES PRESSES DE L'IMPRIMERIE MARQUIS
À MONTMAGNY
POUR LE COMPTE DE GILLES HERMAN
ÉDITEUR À L'ENSEIGNE DU SEPTENTRION